我折叠着我的爱

席慕蓉诗歌典藏

席慕蓉 著

目　录

诗的瞬间 / 001

关于挥霍 / 008

辑一　鲸·昙花

南与北 / 005

乱世三行 / 007

初版 / 008

回函 / 009

蜉蝣的情诗 / 010

川上 / 011

黎明 / 014

夏日的风 / 015

译诗 / 017

灯下（之一）/ 020

灯下（之二）/ 022

此心 / 023

冰荷 / 025

幸福 / 027

秋光幽微 / 028

鲸·昙花 / 029

试卷 / 031

异乡人 / 032

驿站 / 033

辑二　素描簿

荒莽 / 039

寂寞 / 041

真相 / 042

旧信 / 044

四季 / 045

素描簿 / 047

诗的本质 / 049

无垠广漠 / 050

契丹旧事 / 053

六月的阳光 / 056

创世纪诗篇 / 058

辑三　两公里的月光

颂歌 / 065

天上的风 / 068

二○○○年大兴安岭偶遇 / 072

悲歌二○○三 / 075

寻找族人 / 079

劫后之歌 / 080

父亲的草原母亲的河 / 082

悲伤辅导 / 084

我折叠着我的爱 / 086

红山的许诺 / 088

迟来的渴望 / 090

两公里的月光 / 095

附录　评论两家及后记

折叠着的爱 / 哈达奇·刚 / 105

一条新生的母亲河 / 杨锦郁 / 121

后记 / 139

席慕蓉出版书目 / 141

诗的瞬间

——代序

（一）

2001.2.21　台北至淡水的途中

所有的诗人想要叙述的，都是自己的生命。有人终于找到出口，有人却误入歧途。

我发现，原来我爱的常是那些知道自己已经迷途的诗人。知道这是歧路，这一切并非原初的想望；可是，那样的徘徊复徘徊，以及不知所从，或许才是诗的真义吧。

诗，不是理直气壮的引导，更不是苦口婆心的教诲。诗，只是一个困惑的人，用一颗困惑的心在辨识着自己此刻的处境。

（二）

2002.6.27　从克什克腾到呼和浩特的火车上

诗是挽留，为那些没能挽留住的一切。

诗是表达，为当时无法也无能表达的混乱与热烈，还有初初萌发的不舍。

诗，是已经明白绝无可能之后的暗自设想：如果，如果曾经是可能……

诗，是一件从自己手中坠落的极珍爱的瓷器，酡红与青碧，是记忆里慢慢捡拾的碎片上浮出的颜色和心悸……

诗，终于只能是
生命在回首之时那静寂的弥补。

因此，诗人与读者的沟通决不可能在群众旁观之下完成。真正的"素面相见"，只有在独自一人面对书中的一首诗的时候才可能发生。

（三）

2003.9.18　草原列车上

难以形容在牛河梁那天晚上来回两公里如水般的月光，在通往女神庙的山径上。

两公里的月光，可以是一首诗的标题吗？如果要写，以什么样的字句可以完整地显示出那澄澈清朗的月色以及那层层叠叠铺满了一地的清晰无比的树影？还有，还有那安静地伴随在我们身旁的五千五百年的时光？

人说时光如逝水，可是，在蒙古高原之上，在这苍茫万里的大地之间，我却发现，一切都没有离开，一切都从未消失。就如那夜在月光下行走的我们，对松林间的光影并不陌生，只觉得似曾相识，如遇故人。

我在当时轻声询问朱达先生，土地是不是真的具有灵气？他说："有的。"平日沉默寡言的考古学者，心中想必另有一种丰美境界吧。

在母亲的土地上，我是备受宠爱的女儿，给了我教诲，也给了我，难以描摹的至美。

（四）

2005. 3. 15　野柳海边

昨天有新书发表会，在众人之前朗读一首旧作《借句》，读到那一行"要如何封存　那深藏在文字里的我年轻的灵魂"之时，忽然悲从中来，忍不住就落泪了。

难以解释的突发事件，找不出什么恰当的借口可以掩饰或者说明。

只能猜想，在诗里另有一个我，她的本质是现实世界里的我所难以了解和衡量的。仿佛她已隐忍很久了，所以才会突然出现。是生命内里的矛盾与混乱吗？还有不安与不甘……

在尘世间循规蹈矩地活着，参与着，似乎以为一切本该如此了。幸好，幸好还有诗，才能忽然在瞬间点醒了我。

（五）

2016. 3. 3　淡水家中

曾听一位讲者在台上说，要如何如何才能写出伟大的诗篇来，仿佛在传授秘籍般地慎重，我的心在当时就寂然退下。

人还坐在讲堂里，却已经听不见什么了。我知道自己生性愚昧，却不能不坚持，"伟大"这件事是不能事先预订的，而且与诗无关。

写诗是生命的要求，它要求的只是诗本身，并无任何其他的附加条件。

即使如杜甫也曾经说过"语不惊人死不休"那样的话，可是，我相信，在他每首诗当时的触动里，绝对不会有一个"伟大"的目标高悬在前，杜甫诗中的苦民所苦，是真正的疼痛啊！

（六）

2016. 8. 14　淡水家中

年少时在日记本里的涂鸦，源自流离与寂寞的处境,没想到,诗,从兹竟然安顿了我困窘的身心。那个年岁,诗,是在丛林里的冲撞,是终于完好地奔回洞穴之后静静流下的泪水。

中年的我,谨小慎微循规蹈矩。没想到,提起笔来,竟然如此执拗,从不肯对任何的干扰屈服,我行我素,一心想要寻回那些错过的溪涧与幽谷,那些依稀的芳馥……

如今,甚至也不接受我自己的劝告,明明知道去书写原乡那辽阔深远的时空沧桑非我力所能及,却不肯罢休。

诗,在此时,对我已非语言、意念和几行文字而已,它是生命本初最炽烈的渴望,如离弦之箭在狂风中,犹想射向穹苍。

(七)

2016.11.14　淡水书案窗前

感谢长江文艺出版社推出我的七本诗集平装新版,内含从1959年到2011年的诗作,社方征序于我,欣然摘取六则"诗的瞬间"献上。

很早很早的时候,我就喜欢读诗,写诗。到了高中,立志修习绘画,之后从师范大学的美术系毕业,再留欧专攻油画和铜版画,从布鲁塞尔皇家美术学院毕业之后,一面开画展,一面准备回台湾教书。然后,回到岛上,在大专院校的美术科系里担任教职,就这样认认真真地过了许多年。因此,诗好像就只是一种单纯的爱好而已,既没有明确的目标,也没有远大的志向,更没有机会去求得技法的精进;这么多年以来,只是顺从着心中的触动与渴望去写,诚恳而又安静地,一直写到今天。

今天,时光已老,我才在回首之时欣然领悟,生命中一直有诗相伴,是多么难得的幸福。

其实,叶嘉莹先生早就说了:"读诗与写诗,是生命的本能。"感谢这美好的本能从来没有将我舍弃,总是不时现身提醒。

今天,愿以我敬爱的叶先生之嘉言,与每一位读者共勉。

关于挥霍
——代序

锦媛：

功课忙吗？我可以想象你在书桌前聚精会神的样子，还有周围那满满的书。

与你相比，我的阅读好像是太随兴了吧。有时候，会去买一本书只是因为书里的一句话。

前两天，在商务印书馆看到梁宗岱的《诗与真》，原来只打算稍微翻翻就放下来的，可是，忽然看到一个句子，就是但丁《神曲》里的第一句。

平常我所读到的这句，不外是："当我行走在人生的中途""当人生之中路"，或者是"当我三十五岁那年"这样的译文。

然而，梁宗岱译出的却是：

"方吾生之中途……"

这么端丽的句子，是对人心的一种碰撞。

能够译出这么美好的感觉的人，写的书应该也很可看。于是，我就买了这本书，并且在回淡水的捷运上，迫不及待地读了起来。

果然，虽说是远在1928—1936年（民国十七年到二十五年）这几年写成的文章，可是，一翻开来，有许多段落就好像是此时此刻专门在为我解说的一样，使我不得不一页页地细读下去。

在说到为什么钟嵘竟然只把陶渊明列为"中品"时，梁宗岱是这样解释的：

"……我以为大部分是由于陶诗的浅易和朴素的外表。因为我们很容易把浅易与简陋，朴素与窘乏混为一谈，而忘记了有一种浅易是从极端的致密，有一种朴素是从过量的丰富与浓郁来的，'仿佛一个富翁的浪费的朴素'，梵乐希论陶渊明的诗是这样说的……"

锦媛，忽然之间，我就想到了你的一再向我解释的"挥霍"，还有米兰·昆德拉所引用的捷克诗人杨·斯卡瑟的那段诗句：

> 诗人并不发明诗
> 诗在那后面的某个地方
> 许久许久以来它就在那里
> 诗人只是发现它

不知道为什么，忽然觉得心里有些地方亮了起来，而这个时候，我乘坐的这一列车也刚从关渡站后黯黑的隧道里右弯出来，眼前就是淡水河的出海口，对岸的观音山用很浓很重的大块的墨绿，把宽阔的河面反衬得明亮极了。

置身在这个物我仿佛都通体透亮的时刻，心里充满了难以言说的愉悦和感动，好像隐隐知觉了那个巨大的存在，可是，要向谁去道谢呢？

锦媛，这是多么幸福的时刻！心中所受到的碰撞不止一处，也不止一个方向，忽然间好像领会了许多东西，可是，在同时，又很明白这些领会是穷我一生也不可能把它们召唤出来，更不可能去一一解释清楚的。

锦媛，人生会不会有这样的刹那？忽然感知到了自己周遭如此巨大的存在，在无垠的时空之中，我的生命，只是那如沙如尘极为细小卑微的一点，而周遭的深邃、浩瀚与华美，对我来说，却都属必要，也都属浪费。

关于"挥霍"，你给我的一封信中引用了巴岱仪（G. Bataille，1897—1962）的一段话，我的了解是如此：

"有机体的存活，受地球表面的能量运作所决定。通常，一个有机体接受的能量都超过维持生命所需。这种过剩的能量如果无法转而供给另外的有机体成长,或者,也不能在一己的成长中被完全吸收,它就必然会流失,丝毫也不能累积。不论愿不愿意,它都必须或似辉煌或如灾难般地被挥霍殆尽。"

不论愿不愿意,每个生命,都必须激烈地以或悲或喜的方式,来释放自身那丰沛的过剩的能量。锦媛,这就是我所能了解的"挥霍"吗?

生命本身,是宇宙最深沉的秘密,是奢侈的极致!

有一年夏天,睡在花莲瑞穗的山中,夜晚仰望星空,发现星群聚集得又多又密,竟然有了像浮雕一般的厚度,又像是我们在湿润的沙滩上用力拨弄出来的大大小小深深浅浅的漩涡,那漩涡之中,星群的密集度,比梵·高所画的星空不知道要超过几千万倍!

从来没有见过那样的星空,在震惊的当下,我的心中也仿佛接受了一种难以言说的碰撞,觉得悲伤,却又感受到深沉的抚慰。

一如诗人所言:

"许久许久以来它就在那里。"

是的,它其实一直都在。那一刻,我只能说,好像是帘幕忽然被拉开一角,我才知道,环绕着我的竟然是如此幽深宽广的舞台。

海北的兄长，刘西北教授，也是位物理学家，二十多年前了，他曾经对我说及一段他在实验室里所受到的触动。

那是更早以前，用电脑做计算越来越得心应手之时，有一次，他把原来是以字母来做区别的范围，都换成用不同的颜色来代替（譬如以深绿代替惯用的 A，以浅蓝代替 B 等等）。那天深夜，走进实验室打开电脑，忽然看见用颜色来做区隔的验算结果，竟然呈现出如蝶翅又如万花筒般的画面，繁复、炫丽、对称却又变化多端，那震撼让他久久不能平复。

我追问他做的是什么实验，他起先笑而不答，待我再问，他的说法却让我至今难忘。

首先，他声明，如果用正确的方式来向我解释，我是绝对不可能了解的。所以，他只能以错误的方式向我稍作形容，也许，我反而还可以试着去想象一下那实验的面貌。

然后，他说，我们每个人在轻轻一挥手，一回身之际，周围的空气里会有许多相对应的细小的力量，以无限繁复的方式延展或呼应着我们的动作；当我们行走之时，身前身后，有许多细微的，眼不能见的波动和变化也如影随形，宛如彩翼，宛如织锦的披风。

锦媛，这就是在物理学上可以演算可以证明的巨大的"挥霍"吗？

生命的面貌，远比我们所能见到的更为精细、繁复与华美。

锦媛，如果我在十字路口与你不期而遇，我们互相挥手的那一刹那，就会有隐形的蝶翅在空气中缓缓舒展，整个世界，为你的一颦一笑，一举手一投足，不断地变化着奢华无比的画面。

想象着这一幅画面，这原本是无比真实的存在，却由于我们自身的眼不能见、手不能触、耳不能听和心灵的无所感知而被忽略甚至被否定了的世界，锦媛，我因此而明白了，这世间的一切"隔阂"想必也是如此。

对"真"是如此，对"美"是如此，对"诗"更是如此。

所有的诗人在"发现"诗的过程里，都必须透过一己的生命，将现实中的触动重新转化。而由于生命的厚度不同，感知的层面与方向不同（甚至包括那不甚自知的暗藏的信仰的不同），呈现出来的，就会有千种不同的面貌，读者去阅读与品评之时，又会由于自身的差异而生发出更多的变貌来。

"南山"恒在，"菊"在秋天也总会绽放，但是，当诗人写出"采菊东篱下，悠然见南山"之后，便成为千古传诵的文字。

一首诗之所以会包容了这么多生命现象，被这么多的心灵所接受，也许不全是因为文字本身，而是在所有意涵之间的可见和不可见的牵连。心与心之间的触动，不也是会生发出一种难以言说的忧伤和喜悦？宛如透明的蝶翅，宛如隐形的织锦的披风。

所以，我们其实无权判定，何者是"纪实"，何者是"梦幻"。相对于宇宙的深邃与浩瀚，我们甚至也难以判断，何者为"广大"，何者为"狭小"了。

如果有人感知了你所不能感知的世界，因而亲近了你所不能亲近的"美"之时，请别先忙着把他的诗作归类为"梦幻"，因为，有可能，他的每一字每一句都是"纪实"。

当然，我们也无法断定，那些激昂慷慨，所谓掷地有声的诗篇；那些在诗中以豪侠和烈士自许，期盼着自己的诗笔能如刀如剑的诗人们，在此刻是否更近于"梦幻"？

这渺小的一生，在巨大无比的时空里，简直难以定义。

齐邦媛教授说："对于我最有吸引力的是时间和文

字。时间深邃难测，用有限的文字去描绘时间真貌，简直是悲壮之举。"

可是，每当新的触动来临，我们还是会放下一切，不听任何劝告，只想用自身全部的热情再去写成一首诗。

所谓的"挥霍"，是否就是这样呢？

回答我，锦媛。

——慕蓉

二〇〇四年五月二十三日

辑一 鲸·昙花

如今

终于可以向你证明

时光是以何等缓慢的方式

在显现着真相

南与北

她说：
柚子树开花了　小朵的白花
那强烈的芳香却紧抓住人不放
在山路上一直跟着我
跟着我转弯
跟着我　走得好远。

他说：
我从来没闻过柚子花香
我们这里雪才刚停。

然后　谈话就停顿了下来
有些羞惭与不安开始侵入线路
他们都明白　此刻是乱世
忧患从天边直逼到眼前
只是柚子花浑然不知
雪不知　春日也不知

——二〇〇三年四月五日

乱世三行

忧烦是蝇　忧虑是潮水

我们的忧愁啊

是一整座的日不落帝国

——二〇〇三年十二月二十二日

初版

我的心　是否还是倾慕于
昔日的梦境?

从古旧的版本里　诱引出
一种糅合着纸页与岁月的香气
一种想要细细阅读过往的渴望
我的心　是否还是倾慕于
昔日的梦境?

昔日　新铸的铅字
在初版的书页上曾经留下
多么美丽的压痕!

——二〇〇四年九月二十二日

回函

——给锦嫒

生命是一场不得不如此的挥霍

确实是有些什么在累积着悲伤的厚度

暮色里已经成灰烬的玫瑰

旷野中正待舒放的金盏花蕊

——二〇〇三年十一月三十日

蜉蝣的情诗

如今　终于可以向你证明
时光是以何等缓慢的方式
在显现着真相
这仅有的仅有的金色夏日啊
被包裹在琥珀里　已经
成为无限悠长的生命记忆

尽管　他们总是说
蜉蝣的爱
都是些短得不能再短的歌

——远古松林深埋在地下几百万年之后，松脂化为温润透明的琥珀，其中有些还藏有细小的叶片与昆虫。

——二〇〇三年七月六日

川上

逝者如斯　逝者如斯
逝者　如斯　如斯　如斯
阳光下这层层碎裂着的炫目波光
使得
我们好像从来没有来过

——二〇〇四年四月二十一日

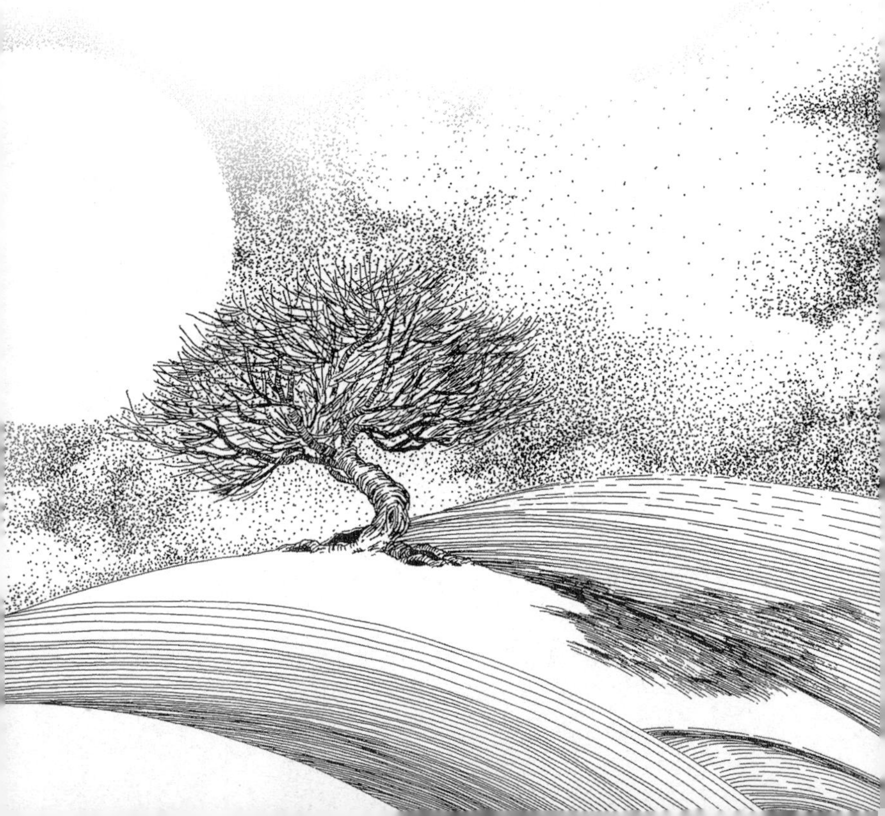

黎明

记得一些　遗忘一些
增添一些　删节一些
死灭一些　重生一些

这就是让我离你越来越远了的黎明吗？

道路阻且长　会面安可知
更何况我心中无由的愤怒与
悲伤　在明与暗的交界处
在完美与残缺的边缘
我只能找到　一个
暂时是属于我的小小的位子
在清晨的微光里重新提笔
为你　寻索一些比较
温柔的　字句

————二〇〇一年十一月二日

夏日的风

夏日的风　从海面上吹来
穿拂过山林间光影的隙缝
轻轻抚摸我此刻的　以及
记忆里的肌肤

每一首诗　也都是
生命里的长途跋涉
遥远的回顾
在风中　岁月互相倾诉与倾听
在诗中　我们自给自足

田埂边依旧有艳红的蕉花
这满山层叠随风波动的
依旧是细密又坚实的相思树

是的　我爱　半生之后

一切已经水落石出

——二〇〇三年七月六日

译诗

一首转译的诗　多半不能让我
感觉到原来游走在字面上的色光
也难以重现　那在完稿的刹那
曾经是如此绵密
或者　如此空茫寂静的诗行

无法传递的　是许多轻微的气息
是子音与母音短暂磨合之后
再弹跳开来的细小的分别
是柔软的舌端才刚接触到齿缝
就立即被双唇所禁闭所泯灭了的音节
是一种百般迟疑之后的　片刻的和谐

要如何形容　在午后空旷的月台上
有人低声说 Je t'aime
要如何译出诗人在多年前所书写的

Je n'ai pas oublié

——二〇〇二年十月六日

(仿波斯细密画边饰)

灯下 （之一）

有多少繁复狂野的意象

都簇拥在我身边

只等我一提笔

就嬉笑着　四散奔逃而去

——一九九四年

(仿十六世纪波斯细密画边饰)

灯下 (之二)

生命中的场景正在互相召唤

时光与美
巨大到只能无奈地去　浪费

——二〇〇四年四月二日

此心

总是　先于我
先于我的抉择

先于黎明　先于薄暮
先于索求与渴慕
先于所有的辗转反侧
先于莫名的怨怼　先于泪
先于微寒或者微暖的肌肤
先于种种所谓的知识和价值
先于这世间　任何
可以一一计算的得失

我就是这样地在爱恋着爱恋着
我的　爱恋啊

困惑于此心的不移　至于
我们的灵魂究竟有没有老去

其实并无答案

——二〇〇三年八月六日

冰荷

你说　迟来的了悟
是那一朵　迟开的荷
困于冰　困于雪
困于北地的永夜

我完全同意你　是的
再怎么细致美丽的倾诉
最后　总是应该复归于沉寂
我们也许还是只能每隔十年
或者二十年
互寄一张　文字恰当
经过精心挑选之后的贺年片

像那短暂的月光
偶尔　前来见证
已经久久在湖面上冻结了的

喜悦和　悲伤

——二〇〇四年十二月四日

幸福

要有一支多么奢华的笔
才能写出一首　素朴的诗

但是如果一切都是有备而来

我爱　我们将永远也不能
记得彼此

——二〇〇四年四月二十一日

秋光幽微

行行重行行　这深谷里的疏林
正以何等的寂静在逐层浸染着霜红
这时日的消逝是否　也正以
悲喜夹杂的方式在成就着我们的诗？

是的　我们越来越接近真相
行行重行行　在幽微的秋光里
没有什么再能让我怀疑
对你的　难以相忘

——二〇〇二年十月十三日

鲸·昙花

十六朵昙花一起绽放的这个夜晚
生命　正以多么敏感的肌肤
向幸福碰撞　而月光如此明亮
我们的胸臆间充满了
如此清冽又如此熟悉的芳香

你说　要记住啊　记住这一刻
多年之后　如鲸之重新沉潜于大海
我们的记忆将会抚慰我们的躯体

是的　我爱　我完全明白
其实　无视于时日推移
我们的躯体　也会
不断地呼唤着我们的记忆

月光下　一如鲸和昙花
在不被人所测知的灵魂深处

所有的渴望正纷纷苏醒

当暗潮起伏　当夏夜芳馥

——二〇〇三年六月十五日

试卷

这么多年都已经过去了
纵使我的灵魂早已洞悉一切
为什么　你给我的这份试卷
对于我的笔　却还是秘密
还是难以作答的谜题

这就是会落泪的原因吗

这一生的狂热　一生的挥霍啊
在最后　只能示之以
无关的诗

——二〇〇四年九月二十日

异乡人

与自我的和好　在今生
恐怕终究是不可能的事了

是源于无知　还是
源于时空的错置？
最后　我们就都成了异乡人
只有悲伤年年盛放
如花朵　如一棵孤独的树
因插枝而在此存活

　　　　　　——二〇〇四年十二月二十四日深夜

驿站

白日已尽　黑夜已然来临
奔驰着奔驰着的时光啊
请你在此稍停
我心中的驿站正灯火通明

还有些什么是我们必须交换的呢？
除了曾经驻留的美好与温暖
除了一声轻柔的　晚安

无论是挥别还是迎接
我知道我都要向你俯首道谢

可是　还有些什么
是我们必须在此刻交换的呢？
白日已尽　黑夜已然来临
我心中的驿站正灯火通明

——二〇〇四年三月一日

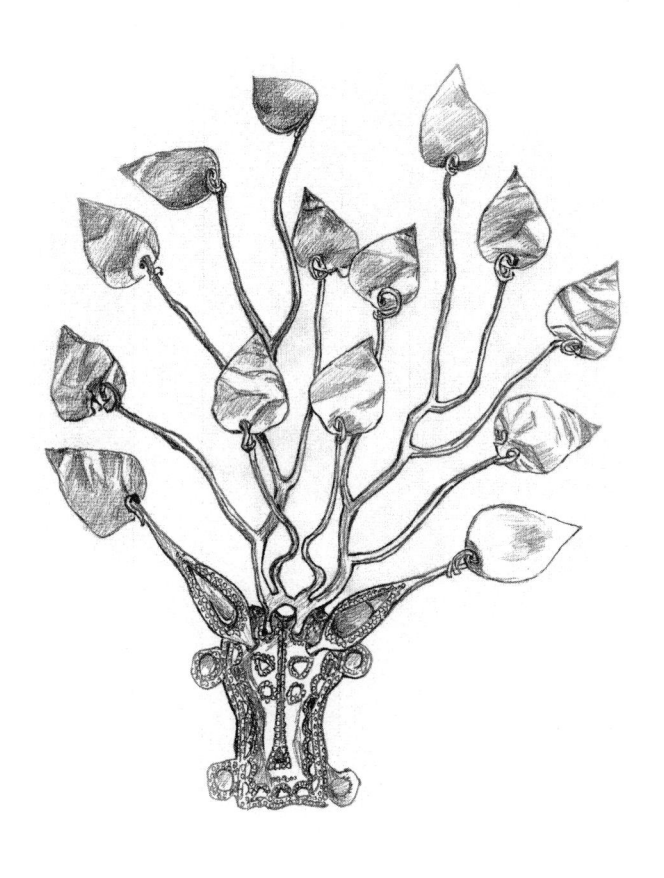

(拓跋鲜卑的金步摇冠　386AD—581AD)

辑二 素描簿

原来 只要时间够长

长到能够显示出事物的本质

一切就终于会水落石出

荒莽

姐姐的婆家，对于还留在家里的妹妹们来说，就是不可知的异乡。每个出嫁的女子，都是孤身进入荒莽之地的旅人。

偶尔回到娘家的姐姐，有些眼神和姿态都不大一样了，虽然妹妹们依旧让她睡在从前的眠床上，那是靠在月光会照进来的窗边。微笑了一天的姐姐，在枕上流着安静的泪水，不知道自己为什么会这样悲伤。

孩子一个个接着出生，再缠绕着母亲，在她的身边逐渐成长，就像是一棵垂挂着许多气根的榕树，等到这些曾经如发丝般飘荡着的气根变得粗壮并且牢牢地扎进土壤中之后，这片潮湿温暖的丛林就终于成为妇人唯一的家。

父母都已逝去，昔日的少女也都已星散，记忆中的娘家如今已成荒莽，只有月光，偶尔会斜斜地照进她们的梦中，照在那洁净而又微凉微湿的枕上。

——二〇〇三年二月十三日

寂寞

对于妇人来说,寂寞总是在的。

她写给她的短笺上,有诚实的告白:"寂寞是一条没有起点与终点的河流。"

妇人是逐渐察觉的,寂寞原来藏得这样深,流动得这样缓慢,而无论岁月在岸边点起多少次灿烂的灯火,这一条河流依然选择在黑暗里静静地流过。

她的回信上说:其实,她们每个人都有这样的一条河。

仿佛野生的百合在山谷与山棱之间彼此相认,在展读回信的那一刻,所有的河流都开始映照着皎洁的月光,在黯黑的大地上,一直绵延交错到无边无际的远方,成为一张细密精致而又华美的网。

——二〇〇三年四月三日

真相

他的声音远远传来,才刚说了一句:

"是我。"

拿着话筒的她,忽然间好像就全明白了。

原来,所有过去了的时光,不管在比例上有多么悠长,依然只能算是这场正式演出之前的序曲。原来,一切的熙熙攘攘,一切的辽阔与苍茫,都不过只是为了好让他在半生之后,在此刻,再远远地向她说一声"是我"。

然后,幕就落下来了。

一切复归于沉寂。只是,偶尔,在无边的旷野之上,在古老的诗行之间,在月光下,还会传来一些微弱的回音,轻声向她说着:"是我","是我"……

"是我。"

——二〇〇三年三月二十五日

旧信

在信中,她反复检视着自己,仔仔细细地诉说着伴随记忆而生发的触动,她说:"那在瞬间袭来的甘美与疼痛,应该就是爱情不变的本质了吧?"
"隔了这么多年,"她说,"我依旧相信,爱,是可以单独存在的,即使在你与我都已经改变了之后。"
她一径是这样的,对任何一句话,任何一件事,都十分慎重认真,总是反复自问。
在他的记忆里,她一径是这样的。
在初雪的窗前,重新翻读这些旧日的书信,他不禁独自一人微笑了起来。
其实,没有什么是真正改变了的。

——二〇〇四年九月十四日

四季

窗外园中，有四季花树，都是他在辛勤照料。

窗内，在偌大的居所里，逐日，逐年，他慢慢腾空了每一间房间，然后，再慢慢腾空了每一个抽屉。

卧室里，空空的白墙，只有一张床。一个古老的木制书架上放了几本，她的诗集。

窗外，有丰美的四季。

——二〇〇四年三月二十四日

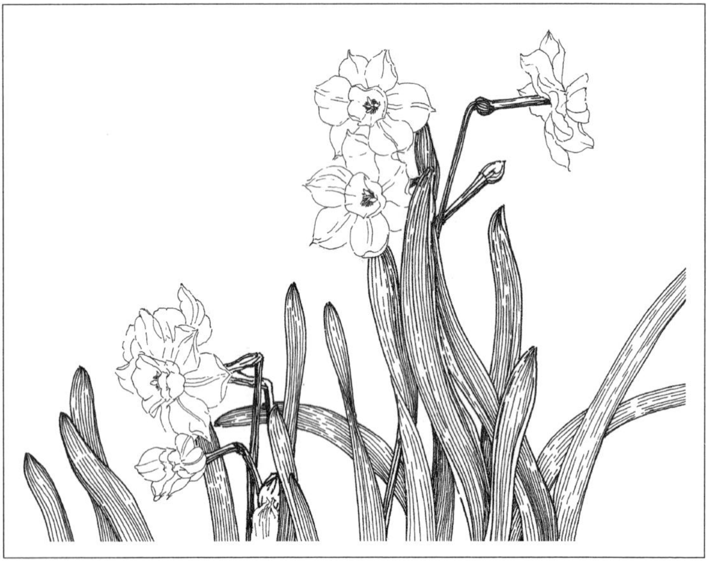

素描簿

——如果，如果那些埋伏在字句间而又呼之欲出的意象是一首诗的生命，那么，在我们真正的生命里，那些平日暗暗牵连纠缠却又会在某一瞬间铮然闪现的记忆，是不是在本质上就已经成为一首诗？

多年之前，在南方的荷田里写生的时候，她匆匆在素描簿里写下这些一闪而过的句子，身旁的荷，花与叶都是那样巨大而又狂野，是炭笔和粉彩都难以描摹的欢然盛放。

多年之后，在北海岸的山间，在画室的一角，偶尔翻开了这本素描簿，忽然发现，在写生的当时总觉得不满意的色彩与笔触，其实已经颇为精确地留下了那一季的芳华。

而在那一瞬间铮然闪现的画面，还掺杂着温暖的芳香。在晨曦初上的田野间，有个女子独自一人静静地走着，蓝布的长裙拂过青绿的野草，拂过细长的阡陌，她微微仰首全神贯注地在搜寻一朵可以入画的荷，却全然不知，在那一刻，在生命的素描簿里，她自己正是欢然盛放的那一朵。

——二〇〇四年九月二十九日

诗的本质

翻开刚送来的诗集的校样,从印刷的字体上重新再阅读一次自己的诗,她真切地感受到了生命正在一页页地展现,再一页页地隐没,如海浪一次又一次地漫过沙岸。

这是何等的幸运!

在如此丰美而又忧伤,平静而又暗潮汹涌的岁月里,能够拿起笔来,诚实地注记下生命内里的触动,好让日后的自己可以从容回顾,这是何等的幸运啊!

所以,尽管时光越走越急,她的诗却越写越慢,并且为此而觉得心安。

还有什么好害怕的呢?长久的疑问,终于在飞驰的时光里得到解答。原来,只要时间够长,长到能够显示出事物的本质,一切就终于会水落石出。

"爱是自足于爱的。"纪伯伦说。

是的,诗也是自足于诗。

——二〇〇二年六月二十六日

无垠广漠

——纪念殷海光先生

她只见过他一次。

却一直记得那个小小的院落。

围墙砌得比较高,就更显得院内空间的狭小。可是,主人却很热心甚至有些自豪地向来客一一展示自己种植的花草、铺设的水泥小径,还有墙边那稀稀落落的一排长得瘦高的玉蜀黍……

她因此而记得他的笑容和他花白的鬓发,当时,却丝毫不知他的忧患。

当时的她不过是一个高中的学生,带她前去拜访的堂哥和嫂嫂也没有多作解释。

多年之后,在书店里翻开他的书信集,忽然觉得有些字句极为亲切。常常就是在话题的中心之外,几句关于那个小小院落的描述,譬如说如何刚从院中的水泥小径上散步回来,就坐在桌前给他的学生写信;或是提到为了清除那条人工小河上的浮萍,用去了他多少的耐性与时间等等……

而最令她心疼痛的一段，是他举例说明一个人所需要的"物理相度"如何被限制与剥夺了。他说：一只加拿大的狂欢鹤，需要一百六十亩的土地才能感觉到快乐，一个人所需要的真正能够感觉到自由的空间，应该是无垠广漠。

他说：居住在像鸽子笼一般狭小的居室里的人，如何能够知道什么叫作自由？

读到这一段的时候，多年前所见到的院中景象，就逐渐浮现，那被囚禁着的灵魂，那一个世代的忧患仿佛都在其中彼此牵连。

而当她终于置身在无垠广漠之上，深深感受到那种在天地之间没有任何局限的自由与从容，知道自己在此刻所享有的空间远远超过于一千只一万只狂欢鹤之时，不禁落下泪来。

她只见过他一次。

却一直记得那个小小的院落。

那个小小的极为狭窄如鸽子笼一般的院落。

——二〇〇二年七月三十一日初稿成
——二〇〇四年十一月三十日修订

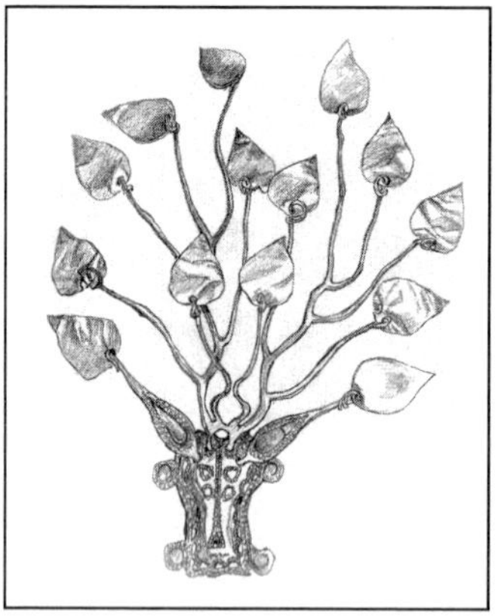

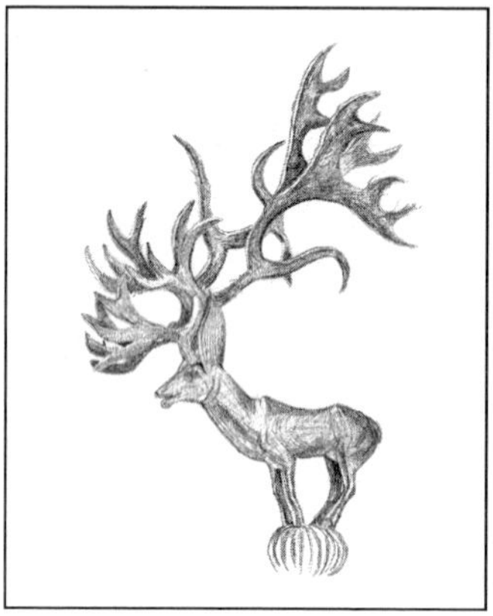

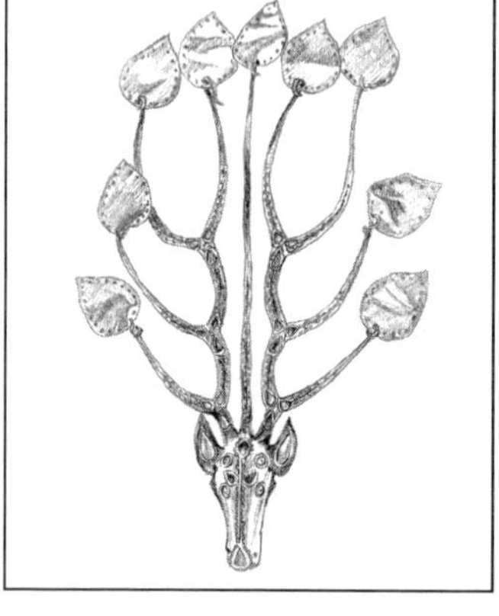

契丹旧事

1

有谁在风沙扑面的今日还能唱歌?有谁,在自己的土地上还要流浪?

有谁不远千里跋涉而来,只为了在博物馆里,与一朵錾刻在鎏金饰牌上的忍冬花,遥遥相望?

2

"这里曾经开满了大朵的牡丹,英雄凯旋归来,君主以花相赠,是荣耀,也是神恩。"

还有荷与柳,遍野的玫瑰,傲世的繁华,以及天下第一的鞍辔。

3

从粉黄到蜜红的琥珀，都拿来雕出丰硕的花果或是交颈而眠的鸿雁和鸳鸯，还有那以蔓草纹相缠的水晶璎珞，以狩猎纹铸饰的金蹀躞带，都成为公主的收藏。

在温润的玉杯里，曾经倾注过几滴玫瑰露脂，千年之后，还留有一丝淡淡的芳香。

4

墓道两旁的壁画上，有一幅已经备好鞍马，侍从有三人，面色肃穆地伫立，静候在坐骑之旁，然而，主人并不在马上。

如果说这墓室是在生前营造的，可能是表示主人还没有来。如果是死后才绘上的，就是主人已经走了吗？

空空的鞍马，等待着一位不知道是还没来临或是已经离去的主人……

5

在海东青巨大的双翼里，可还藏有当年的记忆？

6

千年之后，你在台上热烈地描摹着我们的草原，我却在黑暗的台下泪落如雨。

——二〇〇三年九月十三日

六月的阳光

——访敖汉旗城子山四千年前遗址

在高高的山冈上,俯视那无垠广漠,是谁?是谁留下了这一座精心砌就的邦国?而我,是来迟了吗?可是,祭典又好像才刚刚结束,人群的喃喃颂赞还依稀在耳,鹰笛与鼓声交织的旋律,那断续的回音,还飘荡在旷野与山谷。有和风吹拂,还带着杜松的针叶燃烧时的香气,在六月的阳光里,好像,筵席才刚刚散去。

而我,是来迟了吗?

曾经摆列着供品的巨石就在身旁,平滑的石面上,犹有余温,犹有,为插入旗杆而准备的深而细的圆孔的凿痕。(是为展示那彩色的旗幡,还是为了向神祇献上那遍野盛开的牡丹?)最后离开的祭司,才刚刚疲惫地卸下手鼓和面具,那年轻的面容原是如此俊秀美好,在六月的阳光里,他洁白的衣裾拂过丛生的芨芨草,好像,才刚刚消失在坡下的转角。

身旁的朋友转过头来对我说，在考古的工作里，在发掘的现场，阳光与和风常会带着一种依依不舍的气息，好像有些什么渴望向你显示那犹在徘徊逡巡的记忆。

是的，这里曾经有过多少幸福和忧患，多少诚挚的祝祷，求风求雨，求多有猎获，求一季或是一生的温饱，或是，为了君王所渴盼的一个可以绵延百代的王朝。

我多想知道，在高高的山冈上，俯视那无垠广漠，是谁，留下了这一座精心砌就的邦国？纵使祭坛和城垣已多有残缺，依然深藏着许多光影分明的细节。

光影分明，交错重叠如透明的蝶翅，这几乎伸手就可触及的昔日。此刻，有些什么正穿透过云层，穿透过邈远的时空，在此相会。是谁在我眼前奔跑着嬉笑着走过？是谁在我耳旁轻声地缓缓地不断诉说？

在六月的阳光里，和风依依对我轻拂，是谁？是谁曾以无限的耐心等待？等待这一次的相聚，等待所有漂泊离散了的记忆，终于，从天涯归来。

二〇〇二年七月三十日初稿成
二〇〇四年十一月九日修订

创世纪诗篇

1. 瞳孔（维吾尔）

她将宇宙的尘灰满满地吸入，再缓缓地吐出。让最亮的一颗成为太阳，最美的一颗成为月亮，然后就是闪烁的星辰。至于那些最卑微细小四处散飞的泥点，就成了人。

阿雅勒腾格里是创世的女神。

每当她张开双眸，就是我们的白昼；每当她闭上双眼，天地间就只剩下黯黑一片。

她将宇宙的光亮收藏在她的瞳孔之中。

阿雅勒腾格里啊！是创世的女神。每夜每夜，她微微睁开惺忪的睡眼，以满天的星光来凝视众生。

2. 天马（卫拉特蒙古）

创世的女神，以巨大的形象显现。

当她的长发涌动,是乌云疾飞过天穹。

当她的步履轻移,大地都为之战栗。

麦德尔可敦,创世的女神,她的坐骑有九个勇猛和热烈的灵魂,永不疲倦地在天际驰骋;看哪!那白色长长的鬃毛熠熠生光,那金色的鞍辔何等华丽明亮!

当她骑上天马巡行在宇宙之间,那样空旷和寂寞的宇宙啊!也不禁在心中生出无限的艳羡,万物于是在瞬间茁生,只为了,只为了能够点缀些颜色在马蹄的边缘。

麦德尔可敦,创世的女神。

麦德尔可敦,创世的女神。

3. 鼓声(满—通古斯)

咚咚,咚咚,咚咚,咚咚……

听!阿布卡赫赫正在击鼓,在人间最早最早的拂晓,在莽原的最深处。

咚咚,咚咚,咚咚,咚咚……

听!阿布卡赫赫正在击鼓,一声紧接着一声,怎么也不肯停顿。

这鼓声是宇宙最初的声息，是生命最初的记忆。一声紧接着一声，恒久而又热切，让天地互相撞击，让血脉开始流通，让阳光灿烂，让暴雨滂沱，让众生从暗夜里苏醒，让我们都有了丰盈的心灵。

是她在击鼓！是她在击鼓！天之骄女啊创世之神，万物都在她的鼓声中诞生。

是的，所有的讯息都从鼓声中传来，包括我们那不自觉的渴慕与期待。

长路漫漫，总有她的鼓声为伴。

仿佛是悲怜我们的犹疑和踟蹰。

仿佛是抚慰我们的寂寞和孤独。

咚咚，咚咚，咚咚，咚咚……

听！阿布卡赫赫正在击鼓，在生命最早最早的拂晓，在我们心中那莽原最深之处。

咚咚，咚咚，咚咚，咚咚……

听啊！阿布卡赫赫正在击鼓。

——二〇〇四年十月二十七日

(古阿尔泰木雕，鹿角为革制　500BC)

辑三　两公里的月光

如一首劫后之歌

平静宛转

在黯黑的夜里

等待众人的唱和

颂歌

成吉思可汗:"越不可越之山,则登其巅;渡不可渡之河,则达彼岸。"

祖先创建的帝国举世无双
何等辽阔　何等辉煌

立足于旷野　驰骋于无边大地
马背上看尽了世间的繁华兴替
那统御万邦的深沉智慧
是今日的我们所望尘莫及

吹拂了八百年的草原疾风
在众多的文化里成为泉源和火种
那广纳百川的浩荡胸怀啊
我们今日只能以歌声来赞颂

长风猎猎　从不止息

一如心中不灭的记忆

看哪　祖先创建的帝国举世无双

何等辽阔啊　何等辉煌

　　　　　　　　——二〇〇四年三月一日

(鹰顶金冠饰 匈奴 300BC)

天上的风

——古调新译

天上的风　不系缰绳
地上的我们　难以永存
只有此刻　只有此刻啊
才能　在一首歌里深深注入
我炽热而又寂寞的灵魂

或许　你会是
那个忽然落泪的歌者
只为旷野无垠　星空依旧灿烂
在传唱了千年的歌声里
是生命共有的疼痛与悲欢

或许　你还能隐约望见
此刻我正策马渐行渐远
那犹自
不

舍的回顾还在芳草离离空寂辽阔之处

——二〇〇三年十月六日

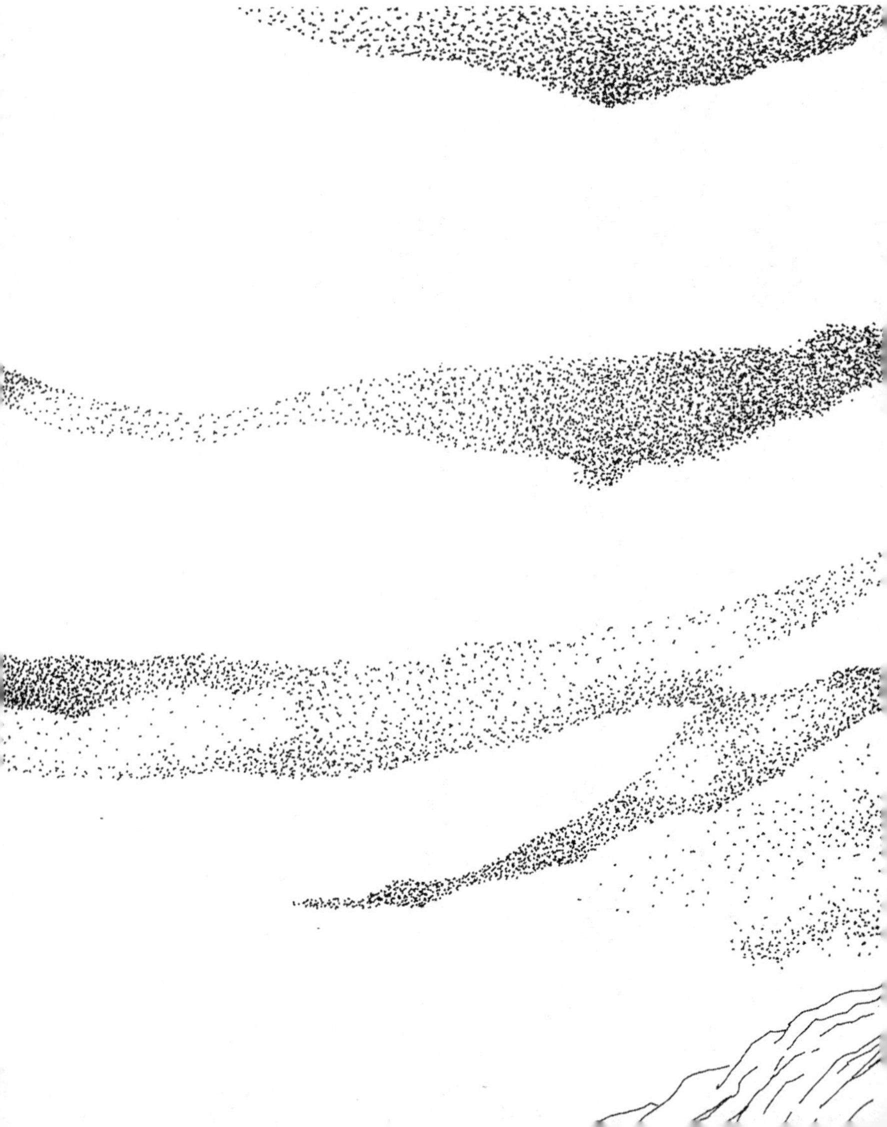

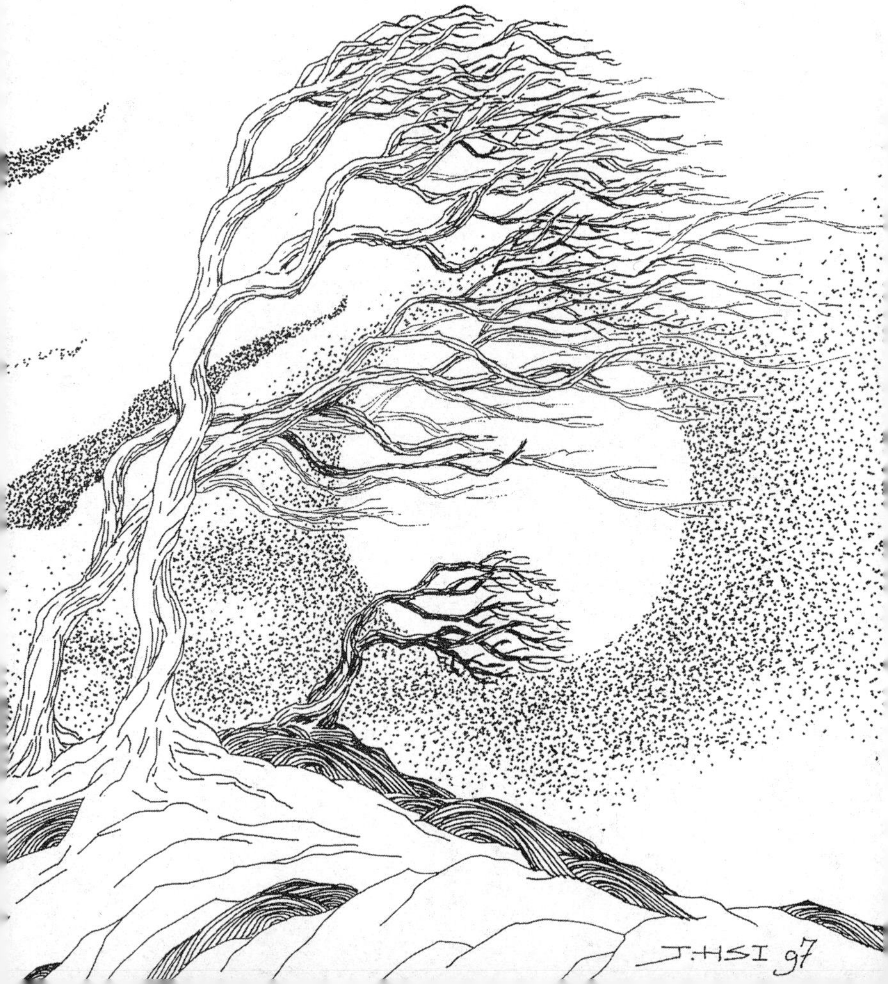
J.HSI 97

二〇〇〇年大兴安岭偶遇

可是

可是

我向他们仓皇询问

昨天经过的时候 这里分明

还是一片细密修长的白桦林

在秋风中闪动的万千碎叶

有的色泽如银 有的如暖金

这不算什么 他们笑着说

从前啊 在林场的好日子里

一个早上 半天的时间

我们就可以净空 摆平

一座三百年的巨木虬枝藤蔓攀缘

杂生着松与樟的 森林

所以 此刻就只有我

和一只茫然无依的狐狸遥遥相望

站在完全裸露了的山脊上
它四处搜寻　我努力追想
我们那永世不再复返的家乡

　　　　　　　——二〇〇四年九月十五日

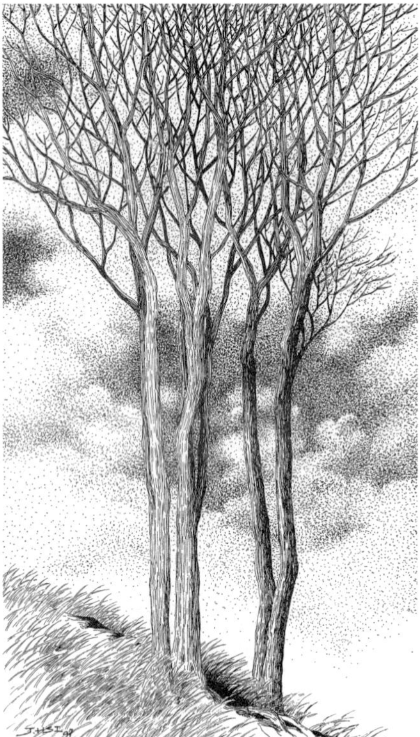

悲歌二〇〇三

要怎么才能让你相信　就在此刻
我用双手交给你的
不只是一把猎枪　还有
我们从来不曾被你认可的生活
我们祖祖辈辈传延的
虔诚的信仰

要怎么才能让你相信
从今以后　我已一无所有
除了灵魂里那一丁点儿的自由

你啊
你始终是那个难以说服的多数
要怎么才能让你相信
你为我所规划的幸福
并不等同于　我的幸福
要怎么才能让你相信

眼前是一场荒谬的灭绝和驱离
失去野兽失去驯鹿的山林
必然也会逐渐失去记忆
要怎么才能让你相信啊　在未来
我们将以绝对的空白还赠给你

或许　你丝毫不需为此费神
历史的殿堂既然是由你建构
总会有足够的金箔和殷勤的工匠
来为你的信仰你的坚持塑上金身

所以请别再试着用任何方法
前来探寻我们的踪迹
我向你保证　我向你保证啊
我已经是使鹿鄂温克最后最后的
那一个　猎人

——无知的慈悲，可以铸成大错。二〇〇三年八月十日，内蒙古根河市官方以"提升猎民生活水平，接受现代文明"为目标的迁徙行动，极为草率与粗暴，不但损伤了驯鹿的生命，也损伤了最后的狩猎部落"使鹿鄂温克"一百六十七位猎民的心。同年九月，及二〇〇四年七月，我两度上大兴安岭探访，亲眼见证猎民的困境，归来后久久不能释怀，遂成此诗。

——二〇〇四年十一月二十三日

(口缘饰兽青铜豆　770BC—476BC)

寻找族人

是何等异于寻常的静默
那一双眸子却在黑暗中燃烧起来
在我朗诵了一首诗之后

置身在喧哗的世界里
我是如此辨识出　哪些
是我的隐藏着的族人

——二〇〇二年十二月十七日

劫后之歌

把亲爱的名字放进心中
用风来测试　用泪来测试
这悲伤的刻度　到最深处
能不能　转换成一首诗？

把亲爱的名字放进心中
用风来测试　用泪来测试
在黎明之前　我们
该从哪一个音符轻轻地开始？

还是得好好地活下去吧
如一首劫后之歌　平静宛转
在黯黑的夜里
等待众人的唱和

把亲爱的名字放进心中
用风来测试　用泪来测试

在茫茫的人海里

用一首又一首的诗……

——二〇〇二年九月二十日

父亲的草原母亲的河

父亲曾经形容那草原的清香
让他在天涯海角也从不能相忘
母亲总爱描摹那大河浩荡
奔流在蒙古高原我遥远的家乡

如今终于见到这辽阔大地
站在芬芳的草原上我泪落如雨
河水在传唱着祖先的祝福
保佑漂泊的孩子找到回家的路

虽然已经不能用母语来诉说
亲爱的族人　请接纳我的悲伤
请分享我的欢乐
我也是高原的孩子啊心里有一首歌
歌中有我父亲的草原我母亲的河

我也是高原的孩子啊心里有一首歌

歌中有我父亲的草原啊

我母亲的河

　　　　　　——一九九九年初冬写给德德玛的歌

悲伤辅导

听说　这是个医学名词
是一种极为谨慎
又极为温柔的　心理治疗

听说　经过长期的追踪以后
也许可以测出
一棵树　究竟能够
忍受几次的斧斤和摧折
一颗心　究竟能够
承担多么沉重的煎熬和绝望
一个生命　究竟是自我能够明察的
还是难以评断的个体

那么　请问
有谁可以回答我们
一片草原　究竟是他年能够再生的
还是　还是

永不复返的记忆?

——二〇〇四年十二月三日

我折叠着我的爱

我折叠着我的爱
我的爱也折叠着我
我的折叠着的爱
像草原上的长河那样宛转曲折
遂将我层层地折叠起来

我隐藏着我的爱
我的爱也隐藏着我
我的隐藏着的爱
像山岚遮蔽了燃烧着的秋林
遂将我严密地隐藏起来

我显露着我的爱
我的爱也显露着我
我的显露着的爱
像春天的风吹过旷野无所忌惮
遂将我完整地显露出来

我铺展着我的爱

我的爱也铺展着我

我的铺展着的爱

像万顷松涛无边无际的起伏

遂将我无限地铺展开来

反复低回　再逐层攀升

这是一首亘古传唱着的长调

在大地与苍穹之间

我们彼此倾诉　那灵魂的美丽与寂寥

请你静静聆听　再接受我歌声的带引

重回那久已遗忘的心灵的原乡

在那里　我们所有的悲欣

正忽隐忽现　忽空而又复满盈

……

——二〇〇二年初，才知道蒙古长调中迂回曲折的唱法在蒙文中称为"诺古拉"，即"折叠"之意，一时心醉神驰。初夏，在台北再听来自鄂温克的乌日娜演唱长调，遂成此诗。

——二〇〇二年七月十四日夜

红山的许诺

左臂挟着猎物　右手中
握有新打好的石箭镞
宽肩长身　狭细而又凌厉的眼神
我年轻的猎人正倚着山壁　他说
来吧　我在红山等你

仿佛有疾雷闪电裂响自天际
为什么　这低声的召唤
竟然使我通体战栗
那玉环和玉佩还在昨夜的梦里轻轻碰触
那玉鸮和玉鸟啊还在蓝天之上互相追逐
层云逐渐密集　英金河流过眼前
曾经被暗红的山岩所见证过的一切记忆
就在这瞬间　历历重现

这阳光依旧是当年温暖的阳光
这土壤依旧是当年立足的土壤

彩陶的碎片上　还留有我亲手绘制的花纹
在无垠的广漠里回首微笑的
是我们孺慕崇敬的女神
那谨慎度量堆砌而成的
浑圆的祭坛至今犹在　我们心中
对苍穹对大地对彼此的爱也始终不改

想必在桦木与樟松的林间
还生长着我们曾经采摘过的香草与野菜
而在如卷涡般的白云之上　那歌声悠扬
是生命里亘古绵延
不移不变的喜悦和忧伤

如果我从千里之外跋涉前来　只是因为
曾经拥有的许诺　今生绝不肯再错过
如果我从千里之外辗转寻来
只是因为啊
有人　有人还在红山等我

——二〇〇二年七月七日凌晨写于红山、牛河梁归来之后

迟来的渴望
——写给原乡

是何等神奇而又强烈的召唤
让深海的珊瑚
在同一个夜晚里产卵
亿万颗卵子漂浮起舞
在温暖的洋流中　粒粒晶莹
闪烁如天上的繁星？

是何等深沉而又绵长的记忆
让最后存活的一匹苍狼　在草原上
还遵守着同样的戒律　诸如
傍晚在溪边饮水时那不安的张望
以及在林间谨慎掩藏着自己的踪迹？

是何等美丽而又惊心的
巨大的秩序　如鲸的骸骨
隐藏了整整的一生　只有在那些

曾经与血肉的粘连都消失了之后
才能显示出洁净光滑弧形完美的
骨架　支撑着　提升着
我俯首内省时那无由的悲伤与颤怖?

有多少珍贵的讯息　遗落在
那远远偏离了轨道的时空之间?
无数的　有着相同血源的个体
负载着的　却是何等的孤寂?
而在我们的梦里（无论是天涯漂泊
还是不曾离根的守候者）是不是
都有着日甚一日的茫然和焦虑?

此刻的我正踏足于克什克腾地界
一步之遥　就是母亲先祖的故土
原乡还在　美好如澄澈的天空上
最后一抹粉紫金红的霞光
而我心疼痛　为不能进入
这片土地更深邃的内里
不能知晓与我有关的万物的奥秘
不能解释这汹涌的悲伤而落泪

此刻　求知的渴望正满满地充塞在

我的心中　而我心

我心何等疼痛！

　　　　　　　——二〇〇二年八月二十九日

（仿刻曼德拉山岩石书局部　陶板拓印）

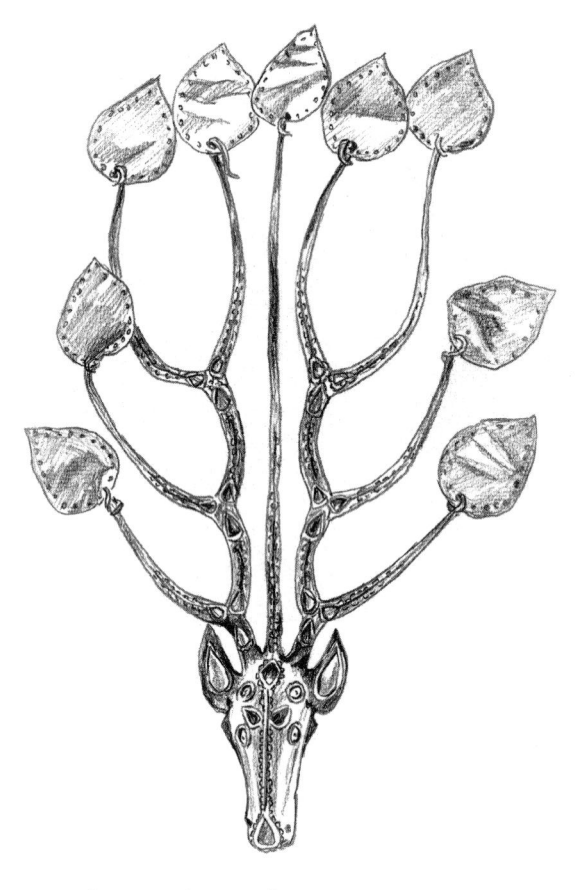

(金步摇冠，拓跋鲜卑之物　386AD—581AD)

两公里的月光

有人说　时光总在深夜流逝
(是的　在十三岁的日记本里
我也写过相类似的诗句)
可是一直要到今夜　到了今夜啊
我才能明白
仿佛是在风中纷纷翻动的书页
时光也会在深夜翩然重回
当月色澄明如水

当月色澄明如水　溶入四野
仿佛是在风中纷纷翻动的书页
带着轻微的战栗和喘息
时光在我们眼前展示出
千世的繁华和千世的灾劫
一切历历在目　包括
这四野起伏的山峦和松林
这横斜了一地的深深浅浅的树影

这如此清晰又如此熟悉的场景

(月光逼迫着我去凝视邈远的来处)

一切历历在目　包括胸臆间

隐约的不安与畏惧　包括

对这人世无尽的贪恋与渴慕

以及　生命同时栽植的丰美和空芜

看哪　在这两公里的山径上

月光如何向我说法

(带着轻微的战栗和喘息

我们想必曾经无数次地重临故土)

我心疼痛我的灵魂却极为安静

只为　今生的枷锁已经卸下

关于往昔　从此

终于可以由我自己来回答

无人能够前来抢夺大地的记忆

月光下叠印着的其实是相同的足迹

(我们身披白衫或是玄色的长袍

胸前的佩饰或是黄玉或是骨雕

鹰笛声高亢而又清越　好像

还伴随着苍穹间鹫鹏的呼啸)
在每一次月圆之夜的祭典里
我们想必都曾经一如今夜这样地
携手并肩前行

而月色何等明亮
穿越过松林　在这两公里的山径上
我终于相信　此刻
与我们静静相对的　应该就是
那五千五百年完完整整的时光

——二〇〇二年夏，初访红山文化牛河梁二号遗址，见先民手砌之圆形祭坛及其三道边线，石块历经五千五百年犹自不离不变，心中大为惊动。
二〇〇三年秋，复求友人带我重访牛河梁。是夜，朱达馆长带领我们一行数人穿越松林遍布的山径，前往已经回填的女神庙考古现场。时当阴历八月十七日，来回两公里的路程上，月光极为清澈明亮，我心宛转求索，归来后经过多次的修改和誊写，遂成此诗。

——二〇〇三年十月二十四日

(匈奴青铜鹿 300BC)

原来，生命里的"发现"
从来不是单方面就可以成就的，
必须是"从她发现草原和族人，
到草原和族人发现了她"之后，
才能成为一场真实和完整的追寻历程。

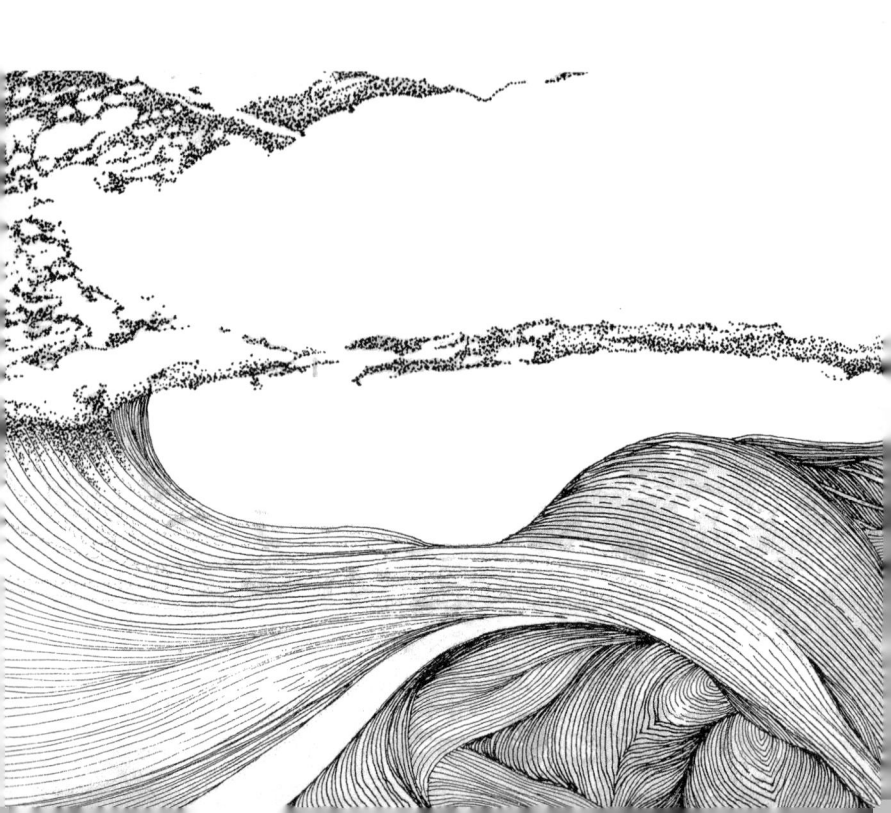

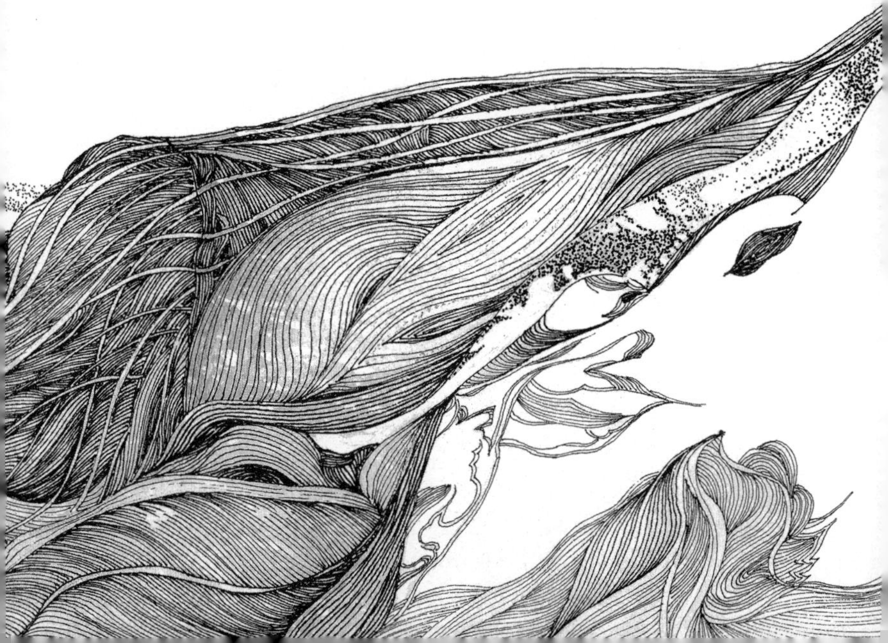

附录 评论两家及后记

折叠着的爱

——读席慕蓉近作

哈达奇·刚

如果说一九八九年席慕蓉的故乡之行，让她"有一种无法形容的狂喜"，不光是见到了辽阔大地，站在芬芳的草原上泪落如雨，并且也陆续读到许多蒙古族诗人的作品，让她的"心灵也回到自己本族的草原上"，不由惊奇道："真是一片开满了花朵的大草原啊！原来真有这样一块土地！真有这样一处家乡！真有这样一个内蒙古！"（《远处的星光》）那么过了整整十年后，一九九九年由她创作的一首歌《父亲的草原母亲的河》，唱响了整个草原和大陆，让那些曾经读到或没有读到她作品的大陆人，"发现了"席慕蓉是一位生活在台湾的"已经不会用母语来诉说"但请求族人分享她悲伤和欢乐的"高原的孩子"。

席慕蓉对故乡的渴慕和至爱是刻骨铭心的。当我们翻开她早年轰动汉语界的那些诗集，发现在不少诗篇中跳动着她那掩饰不住的故乡情结。诸如《乡愁》

(一九七八年)、《高速公路的下午》(一九七八年)、《出塞曲》(一九七九年)、《狂风沙》(一九七九年)、《长城谣》(一九七九年)、《盐漂浮草》(一九八六年)、《交易》(一九八七年)、《祖训》(一九八七年)、《乌里雅苏台》(一九八七年)、《漂泊的湖》(一九八七年)等,无一不是一个天涯游子对故乡朝朝暮暮的向往、渴盼和深深的爱的结晶。

> 敕勒川　阴山下
> 今宵月色应如水
> 而黄河今夜仍然要从你身边流过
> 流进我不眠的梦中
>
> ——《长城谣》

在台北或者新竹的寓所里沉湎于巨幅油画的创作,间或放下画笔凭窗眺望远山的景色时,脑海里就会闪现她夜思日想却又从来没有踏足过的故乡的优美画面,让她想象到那敕勒川阴山下如水的月色,更让她感受到那从故乡流过的黄河水流进她的心扉、血管和不眠的梦中。

这个不眠的梦,她做了整整四十六年。当她第一次回到故乡的土地上,最先寻找的是父亲、母亲和姥姥从小给她形容过的那些风物。岁月无情,人间更叵测,那些风物或变样或消失或已成废墟。可是她在草原上真真切切地看到了自己在无意中反复描绘过的曾被认为是太夸张了的一幅画面:有一棵孤独的树长在漠野正中,西落的斜阳把树影画得很长很长。于是她悟到:她在梦中对镜自照,看见生命在镜里正对她静静地展颜一笑。(《我的家在高原上》之《梦镜》)

从她发现草原和族人,到草原和族人发现她,席慕蓉还原成了一个真正的蒙古族人。她的脉管里从此流淌着真正草原的热血,她的胸膛里从此跳动着真正蒙古族人的心,她的情感里从此注入了真正成吉思汗后代的律动,在经历了对家乡长达四十六年的渴慕之后,她再用了整整十年时间,终于完成了从踏入原乡的土地到走进族人的心灵这一漫长而又壮美的跋涉。

然而这是一次苦苦的旅程。"没有山河的记忆等于没有记忆/没有记忆的山河等于没有山河。"由于她的童年和青少年时代都没有在原乡,她总觉得与族人间有一堵无形的墙。自己"没有学籍也没有课本/只能是个迟来的旁听生/只能在最边远的位置上静静张望/观看一丛飞燕草如何苗生于旷野/一群奔驰而过的野马如何/在我突然涌出的热泪里/影影绰绰地溶入夕暮间的霞光"
(《旁听生》)。一种求知的渴望满满地充塞在她的心中。
在《迟来的渴望》中,她曾这样描述自己的心境:

> 此刻的我正踏足于克什克腾地界
> 一步之遥　就是母亲先祖的故土
> 原乡还在　美好如澄澈的天空上
> 那最后一抹粉紫金红的霞光
> 而我心疼痛　为不能进入
> 这片土地更深邃的内里
> 不能知晓与我有关的万物的奥秘
> 不能解释这汹涌的悲伤而落泪

不过,这段文字只是诗人对自己胸臆的一种追抒。这首诗写于二〇〇二年。那时她早已不是"旁听生",也并非第一次探访母亲的故土。我们从字里行间也能看出,她之所以"心疼痛",并不只是因为没有跨入那一步之遥的"克什克腾",而是因为她深爱着这片土地,却又感到"不能进入/这片土地更深邃的内里"。

这里提到的"内里",是指只有诗人才能遨游的仙境,也只有诗人才能到达的彼岸。她曾在别处也用过这个词:"拿起笔来,诚实地注记下生命内里的触动",以便"日后的自己可以从容回顾"生命时将"一页页地展现,再一页页地隐没,如海浪一次又一次地漫过沙岸"(《诗的本质》),"在风中岁月相互倾诉与倾听/在诗中我们自给自足"(《夏日的风》)。其实席慕蓉自从第一次踏入原乡那天起就已经进入了那个"内里",也开始知晓了与她有关的万物的那个"奥秘",甚至更早。只是这种"进入"和"知晓",是循序渐进的,是在她一次次阅读草原、一回回原乡行旅和一遍遍流泪后的思索当中逐步完成的。

席慕蓉在第一次探访故乡后的第二年(一九九〇年)出版过两本书,《我的家在高原上》和《远处的星光——蒙古现代诗选》。虽说两本书中不免夹杂着难以隐去的"台湾人"好奇的视角,但她与族人之间的相互认同是真真切切的,心灵的撞击是实实在在的,情感的交流是沉重的并伴着血和泪的洗礼。她听不懂蒙古语,但她从故乡只有九岁的萨如拉和她的妹妹通戈拉格唱的歌谣里听到了天籁之音,进而感觉到那"两个小黄鹂鸟唱到高音的地方几乎是金属一样的声音轻轻地在草原上回荡,好像也在把我心中的暗影一点点地往旁边推开"(《我的家在高原上》)。从那一刻起,那被推开的

"暗影"再也没有重新挤进来。她"内里"为原乡和族人推开的空间越来越大，越来越宽阔，以至能够装得下整个草原，和草原的今天、昨天和明天以及她的一草一木、一虫一豸和一切生灵。

> 风沙的来处有一个名字
> 父亲说儿啊那就是你的故乡
> ……
> 风沙起时　乡心就起
> 风沙落时　乡心却无处停息
> 　　　　　　　　——《狂风沙》

在她的"内里"，那风简直就是母亲的抚慰和情人的吻。更有甚者，她还写道："从蒙古高原飞到台北的灰沙，把我停在家门口的红色汽车变成黄泥车了……后来听新闻广播才知道这是从我的蒙古高原吹过来的，又有点舍不得，便顶着一车的蒙古沙子在台北的街头巷尾多开了两天，才去洗干净。"（《沙起额吉纳·附记》蒙文版）这下，那沙子简直又成了她最亲近的亲人了。从中我们不难看出，一九七九年她笔下的《狂风沙》和二〇〇一年她眼里的"沙尘暴"对诗人感官所产生的震撼是多么的巨大。

大陆刚出版的一部小说《狼图腾》描述了大地之魂蒙古狼从草原上消失的详细过程，揭示了蒙古草原有狼的美丽和没有狼的丑恶。然而十五年前，从没见过草原野生动物的席慕蓉读到了一首诗人阿尔泰用母语创作的蒙古文诗的汉译文：

> 无虎无鹿的山一般不易叫醒，
> 因为连它的梦都会睡得昏昏沉沉。
> 有虎有鹿的山不会轻易打盹，
> 因为它的沙砾都能时刻保持清醒。

她不自觉地惊叹起来，选入书里之后仍不能按捺怦然的心，便打电话朗读给朋友们听（《远处的星光》）。悟出这首诗里的境界，即已悟出"这片土地更深邃的内里"。

她对故乡的风、沙和生灵如此，对故乡的族人更是如此。她和他们常常在用诗和眸子点通灵犀、交流情感。有多少次，席慕蓉在族人的围绕之下，用她已经生疏了的蒙古语，和她聆听时必须纠正发音才能明白的族人的汉语，甚至用手势来交谈、唱歌或诵诗。翻译这时往往是多余和苍白的。那极度的信任，发自心灵深处的快乐，间或抑制不住的悲愤，都会让她立刻沉醉了、融化了，甚至忘记了自身的存在。

是何等异于寻常的静默

那一双眸子却在黑暗中燃烧起来

在我朗诵了一首诗之后

置身在喧哗的世界里

我是如此辨识出　哪些

是我的隐藏着的族人

——《寻找族人》

然而她的兴奋和欢乐没有维持多久。她回到蒙古高原后，发现了那真正天人合一，人与大自然相融相通、相依为命的故乡草原已经或正在遭到摧残。父亲曾经形容的清香的草原不再清香了，母亲描摹的千里松漠一棵树都没有剩下来。上天的赐予可以这么不珍惜！记得鲁迅说，悲剧就是"把有价值的东西毁灭给人看"。那么席慕蓉看到的则是内蒙古美丽的草原被犁铧撕开后变成沙漠的大悲剧。她从渴慕草原而踏上草原，从踏上草原而惊羡草原，又从惊羡草原而悲愤草原，经历了一次艰涩的心灵历程。她的爱因此而受伤滴血，于是她发出呼唤：

> 让我们举杯呼唤着祖先的灵魂
> 在森林如记忆一般消失之前
> 在湖水如幸福一般枯竭之前
> 在沙漠终于完全覆盖了草原之前
> 我们依旧愿意是个谦卑和安静的牧羊人
>
> ——《篝火之歌》

这是诗人的祈祷。可是愿望和现实有着多么大的距离啊！

> 可是　可是
> 我向他们仓皇询问
> 昨天经过的时候　这里分明
> 还是一片细密修长的白桦林
> 在秋风中闪动的万千碎叶
> 有的色泽如银　有的如暖金

这不算什么　　他们笑着说

　　从前啊　在林场的好日子里

　　一个早上　半天的时间

　　我们就可以净空　摆平

　　一座三百年的巨木虬枝藤蔓攀缘

　　杂生着松与樟的　森林

　　　　　——《二〇〇〇年大兴安岭偶遇》

真是悲惨得触目惊心！诗人无奈了。她不知道怎样才能扭转乾坤。她的心痛变成了存留在诗行之间的无限惆怅和无以找到答案的疑虑：

　　逐日远去的　　是恍惚中的花香与星光

　　　　　——《野马》

　　纵使已经踏上了回家的路

　　却无人能还我以无伤的大地

　　　　　——《父亲的故乡》

　　如今　我要到哪里去寻觅

　　心灵深处

我父亲珍藏了一生的梦土?

——《追寻梦土》

同样的事情也发生在森林狩猎民族鄂温克人的身上。她听说大兴安岭深处的使鹿鄂温克猎人要被安排迁徙到山下,急匆匆从台湾赶到那里去探访。当她知道这一切是真的之后,为悲痛中的猎人写了一首诗:

要怎样才能让你相信　就在此刻
我用双手交给你的
不只是一把猎枪　还有
我们从来不曾被你认可的生活
我们祖祖辈辈传延的
虔诚的信仰
…………

要怎样才能让你相信
眼前是一场荒谬的灭绝和驱离
失去野兽失去驯鹿的山林
必然也会逐渐失去记忆

——《悲歌二〇〇三》

原本是完整、和谐和壮美的生存状态被残酷地破坏掉了，大自然和人的天然合一被无情地剥离了。这使诗人痛心疾首，这也使诗人从至爱族人和草原升华为呵护整个人类、整个大自然以及那片土地上神奇的、富有魅力的却又濒临灭绝的文化遗产，尽管她的呼吁是那样地微弱，她手中的笔是那样地无力，她的女儿之躯是那样地回天乏术。可是，她那爱的甘霖却从心尖和笔端滴下来，深深地溶进了荒漠草原的每一寸土壤里。

于是她的感觉中，空间与以往重叠，时间也倒流。在此她又开始了另一个层面的时空跋涉。她常常与半个世纪前父辈们居住过的清香的草原和奔流的大河同在，常常与八百年前蒙古高原上的辉煌同在，常常与数千年前北方月光下的人文故事同在。于是所有的真相让她一一捕捉在手，一个又一个"长久的疑问，终于在飞驰的时光里得到解答"（《诗的本质》）。

  当月色澄明如水　溶入四野
  仿佛是在风中纷纷翻动的书页
  带着轻微的战栗和喘息
  时光在我们眼前展示出
  千世的繁华和千世的灾劫

——《两公里的月光》

至此,她用肌肤触碰到了"正穿透过云层/穿透过邈远的时空/在此相会"的那几乎伸手就可触及的昔日(《六月的阳光》),用气息感觉到了那"左臂挟着猎物 右手中/握有新打好的石箭镞/宽肩长身 狭细而又凌厉的眼神"的年轻的猎人(《红山的许诺》),在"内里"看到了那"吹拂了八百年的草原疾风/在众多的文化里成为泉源和火种"(《颂歌》),那创世的女神骑着有多个灵魂的天马,去操纵白昼和黑暗,去敲响宇宙最早最初的鼓声,"让天地相互撞击,让血脉开始流通,让阳光灿烂,让暴雨滂沱,让众生从暗夜里苏醒,让我们都有了丰盈的心灵"(《创世纪诗篇》)。

可是令她遗憾的是,她不知道"要有多么奢华的笔/才能写出一首素朴的诗"(《幸福》)。她意识到"生命是一场不得不如此的挥霍"(《回函》),"生命中的场景正在互相召唤/时光与美/巨大到只能无奈地去浪费"(《灯下(之二)》),即使"父亲是给我留下了一个故乡/我却只能书写出一小部分"(《父亲的故乡》)。于是她声言,人"一生的狂热,一生的挥霍啊/在最后只能示之以/无关的诗"(《试卷》),包括对原乡、族人和充满魔力的蒙古高原上的一切生灵,以及曾拥有世界最广大疆土的祖先的伟业。

> 祖先创建的帝国举世无双
>
> 何等辽阔　何等辉煌
>
> 立足于旷野　驰骋于无边大地
>
> 马背上看尽了世间的繁华兴替
>
> 那统御万邦的深沉智慧
>
> 是今日的我们所望尘莫及
>
> …………
>
> 那广纳百川的浩荡胸怀啊
>
> 我们今日只能以歌声来赞颂
>
> ——《颂歌》

席慕蓉的遗憾是沉重的。尽管空间会与以往重叠,时光也会倒流,但她总觉得"父亲是给我留下了一个故乡/却是一处/无人再能到达的地方"(《父亲的故乡》)。

于是她变得安静起来,相对于惊诧和顿首,相对于激越和悲愤,相对于急切的渴慕、殷实的期许和善意的幻梦。不过她的这种安静绝无退缩、绝望或自弃之意,而是深深地蕴含着她痛定之后的深思,熟谙之后的茫然,历练之后的超然。

这是因为爱的缘故。

她也是高原的孩子,心里有一首歌,歌中有她父亲的草原和母亲的河。歌是蒙古长调。长调中迂回曲折的唱法,在蒙古文中称为"诺古拉",即"折叠"之意。"我折叠着我的爱/我的爱也折叠着我/我的折叠着的爱/像草原上的长河那样宛转曲折""我隐藏着我的爱/我的爱也隐藏着我/我的隐藏着的爱/像山岚遮蔽了燃烧着的秋林""我显露着我的爱/我的爱也显露着我/我的显露着的爱/像春天的风吹过旷野无所忌惮""我铺展着我的爱/我的爱也铺展着我/我的铺展着的爱/像万顷松涛无边无际的起伏""反复低回,再逐层攀升"——

> 在大地与苍穹之间
> 我们彼此倾诉　那灵魂的美丽与寂寥
>
> 请你静静聆听　再接受我歌声的带引
> 重回那久已遗忘的心灵的原乡
> 在那里　我们所有的悲欣
> 正忽隐忽现　忽空而又复满盈
> 　　　　——《我折叠着我的爱》

我读席慕蓉近作，也同时重新翻阅她从前的散文和诗集。故乡，是个越来越清晰的主题，也是一段漫长而又壮美的跋涉。她以大半生的时间与作品，谱成了一首追寻之歌，这歌是蒙古长调，在折叠、隐藏、显露、铺展的变化之中。席慕蓉唱出她对蒙古高原不变的渴慕和至爱。

就让我们乘着这首长调的翅膀，跟着诗人的带引，到她那我们所有的悲欣在忽隐忽现、忽空而又复满盈的心灵的原乡遨游吧。

二〇〇四年十一月十一日于呼和浩特

一条新生的母亲河

——阅读席慕蓉

杨锦郁

一、认识席慕蓉

第一次感受到席慕蓉与众不同,是在阅读她的《黄羊·玫瑰·飞鱼》(一九九六年出版)中的《荷田手记》之一。

在花开的季节里,想看荷,就开车南下去嘉义投宿。第二天早上四点半起床,五点出门,开了十几公里之后,我就可以安静地站在台南白河镇上任何一方荷田的前面了。

整片大地都还在暗暗沉沉的底色里,只有荷田浅水处那些枝茎空疏的地方,水面倒映着欲曙的天光,开始这里那里像镜子一样地亮了起来,由于光的来源还很微弱,这些碎裂的镜面也就还有点沉滞和模糊，像博物馆里那些蒙尘的古老铜镜，带着斑驳的锈痕。

我就站在旁边，站在植满了老芒果树的产业道路上，静静等待，等待那逐渐明亮的天色，等待那日出的一刻，等待那一层一层把镜面拭净擦亮到最后不可逼视的刹那。

在那日出的瞬间，水色几乎就是灿然的光，让一丛丛的莲枝荷叶都成了深色的剪影，仿佛是刀刻出来的黑白分明。

而在这之间，只有落单的荷花，花瓣在逆光处虽然薄如蝉翼，却还能带着一点透明的粉紫，既是真实又如幻象，让人无法逼视。

在那一刹那里，我心中空无一物，却又满满地感觉到了那所谓"美"的极致，只有这样，只能这样吧。那灿然的瞬间短到不能再短，只好用我长长的一天不断地去回味，所谓创作，不过也只能是一种追寻与回溯？

读完这篇文章后，胸中澎湃，脑海涌现许多疑问：这是一个什么样的独立女子，竟然想到要看荷花，便可以连夜开车从北而下？这个拥有家庭和两个孩子的妇人怎么这样自由？观察力这样细致？文笔如此好？又这么会画荷花？

当时，席慕蓉已经以包括"荷花"为主题的系列画作闻名画坛；在文坛上，她的诗集从《七里香》《无怨的青春》等等，开创了空前销售成绩，读者群从台湾、内地到海外的华人世界，甚至到了蒙古国。报纸副刊上，不时看到她细腻的针笔画配上婉美的诗作。

然而，我却一直到读了《荷田手记》，才受到她文字力量的撞击，因为，在短短的文章中，她铺展出一个绝大多数女子所望尘莫及的生活及心灵世界。于是，开始觉得她特别。

逐渐地知道，她的特别来自许多方面。

席慕蓉，蒙古名字是穆伦·席连勃，父亲是察哈尔盟明安旗，母亲是昭乌达盟克什克腾旗，皆是贵胄之后。

席慕蓉虽然自幼未曾在自己的故乡成长，但由于父母亲家族与故土间千丝万缕的情感牵连；她的伯父甚至还因内蒙古的自治运动，遭到日本人暗杀，因此，在她的成长过程中，精神上的乡愁是随着她对父母亲的孺慕之情与日俱增。她自己甚至说过：

> 深藏在我们心中,有一种很奇怪的"集体的潜意识",影响了每一个族群的价值判断。
>
> 心理学家说它是"由遗传的力量所形成的心灵倾向"。
>
> 也就是说,去爱自己的乡土,原来并不是可以经由理智或者意志来控制的行为。
>
> ——《江山有待》之《风里的哈达》

由遗传而来的蒙古族文化,以及自己成长所接受到的汉文化,乃至教育和留学欧洲而来的西方文化,在她身上自然汇集,使她成为一个具有多文化背景的人。

因为家世的因素,席慕蓉有机会得到完整的教育,由教育所获得而来的知识,固然成为她强大力量的来源,更重要的是,从席慕蓉的家庭教育,乃至日后她走入婚姻生活,她所受到的都是极为平权的对待,父母或丈夫以及子女对她全然地爱与包容。由于一直在平权与爱的氛围中生活,养成她一种独特的气质,就是素朴、真挚、宽容、趋向美好的事物,当然,她自己也拥有很多爱的能力。而这种未经扭曲、自然天成的性格,在社会化的人群结构中,不免显得格格不入,甚至不知轻重,所幸,席慕蓉是特别的,她知道自己追求的是什么。

在接近二十年之后的此刻,重新回过头来审视这些诗,恍如面对生命里无法言传去又复返的召唤,是要用直觉去感知的一种存在,是很难形容的一种疼痛,微颤微寒而确实又微带甘美的战栗;而在这一切之间,我终于又重新碰触到那几乎已经隐而不见,却又从来不曾离开片刻的"初心"。初心恒在,依旧素朴谦卑。

——《七里香》序

再次感受到席慕蓉的与众不同,是初次拜访她位于三芝乡间的家,大约也是在一九九六年,那时,我为了写一篇文坛名人夫妻家庭生活的报道,和摄影记者一起去拜访她和刘海北教授。

印象中,她的家整理得很清爽舒适,屋后眺望出去,有青翠的田园风光。采访结束后,我们准备告辞,她留我们吃午饭,虽然那时已近中午,她家离台北又蛮远,但初次见面,实在不好意思留下来打扰。不过,她自在地说:"很简单,就吃水饺而已。"既然不太麻烦,我和摄影记者便恭敬不如从命,于是刘海北先生便开始下水饺。热腾腾的水饺端上桌后,她说:"我们偶尔吃冷冻水饺。"水饺确是一般,但他们却拿来一瓶蘸醋,那瓶白醋有着造型特别的高颈瓶身。透明的玻璃瓶器里,置有多种颜色的香草,香草在白醋中曳动,非常好看。冷冻水饺蘸香草醋,味觉上没特别,但视觉上却充满了"美",当下觉得,这两个人怎么这么会过生活。

餐毕,席慕蓉让我们看看她的收藏品,她拉开橱柜的抽屉,里面铺排着好些蒙古族小刀,刀柄有精细的镶工,然后,她又拿起一个用珊瑚编成的"嘉丝勒"(蒙古族妇女出嫁时所戴的头饰),当她开始向我们解说时,眼眶一红,当着我们两个初次见面的采访记者,眼泪扑簌簌地便掉下来。当下,让我见到她的真性情,明白在她幸福的生活背后,内心的惆怅与委屈。

从此,我们成为心灵上的朋友。

二、从《成长的痕迹》到《写生者》

以《写生者》作为席慕蓉散文前后期的分界讨论,其实是有迹可循的,因为在《写生者》出版三个月之后,她首次回到日思夜想的原乡——内蒙古。其后,她所出版的散文集已跳脱先前的风格,大抵以蒙古族文化关怀为主题。

> 如果生命真如一条河流,在这本书之前,我的心曾经是那样谦卑而又安静,倒映着幽谷里的山光与云影,战战兢兢地提笔,努力想要成为一个称职的写生者。对人间的善意,当年的我,曾经有过多么热烈而又天真的回应啊!
>
> 而此刻,我已来到无边辽阔的出海口,沙岸无人,静夜无声,长路上的呼唤都已逐一消逝,在星光之下回顾,生命里的这块界石竟然如此清晰而又完整,不禁悲喜交集,无限珍惜。
>
> ——《写生者》(新版)之《界石》

席慕蓉初期的散文作品,按出版顺序,有《成长的痕迹》《画出心中的彩虹》《有一首歌》《同心集》(与刘海北合著)《写给幸福》《信物》《写生者》。

这几本书大抵展现了她从比利时回来之后,一直到一九八九年,踏上内蒙古原乡前,十几年的生活情形。

作为一种文类,散文比其他文体更具真实性,它不似小说充满了虚构性,若说"文如其人",那么从散文中,更易窥得作者的内心世界。

因此，光从席慕蓉的这几本书名，我们便可轻易地解出：作为一个写生者，在成长的痕迹中，她哼一首歌，画出心中的彩虹，书写着幸福的日子。

在这段时期，席慕蓉为人师、为人妇、为人母，生活忙碌而充实，我们看到一个为了送热便当到学校给孩子，而挥汗走在田埂小路的年轻母亲形象，也看到了一个为了捕捉野生花树姿态而在深山独行的画家身影，更读到了在字里行间不断倾诉对周遭老师朋友感谢的有情之人。

席慕蓉在这段时期的散文书写，大抵可归为几个方向，其一，是关于亲情的，如《刘家炸酱面》《主妇生涯》《星期天的早晨》，以及副题为"写给年轻母亲的信"的《画出心中的彩虹》等等，她在相关的文章中谈到孩子的教育，亲子互动，家中宠物，以及自己为家庭主妇的心情，本来这些都是寻常的柴米油盐酱醋茶，但她却能从寻常的日子寻找到一种自嘲，一种美感，乃自属于私密或心灵的自由，正因如此，使得她的亲情散文不至于落入窠臼。譬如：

前几年，孩子小时，白天在报纸上看到联合报的记者陈长华，在副刊上写了一篇短文，说荷花又开了，在植物园的荷池旁有多少美丽的景致。看着看着，心里竟妒忌起她来。到了晚上，孩子饿了哭着醒来，我一面冲奶，一面狠狠地照顾着，也仍然只有一个念头在心里："明年荷花开时，一定要去画。"

到了第二年，果然早早地去了，好几个炎热的下午，对着满池的荷，狠狠地画了几张，心病就好了。要再犯病，大概就是下一季的事了。

——《成长的痕迹》之《花的联想》

又如：

菜叶一层一层地剥下去，颜色越来越浅，水分却越来越多。

我也正一层一层地将我自己剥开，想知道，到底哪一层才是真正的我？是那个快快乐乐地做着妻子，做着母亲的妇人吗？还是那个谨谨慎慎地做着学生，做着老师的女子呢？

是那个在画室里一笔一笔地画着油画的妇人吗？还是那个在灯下一个字一个字地记着日记的女子呢？

是那个在暮色里，手抱着一束百合，会无端地泪落如雨的妇人吗？还是那个独自骑着车，在迂回的山路上，微笑地追着月亮走的女子呢？

我到底是一个什么样的人呢？到底哪一个我才是真正的我呢？

而我对这个世界的热爱与珍惜，又有谁能真正明白？谁肯真正相信？菜叶剥到最后，越来越紧，终于只剩下一个小小的嫩而多汁的菜心。我把它放在砧板上，一刀切下去，泪水也跟着涌了出来。

——《有一首歌》之《星期天的早上》

其次是关于自然书写的，尤其是花，席慕蓉自述非常喜欢成丛成丛的花。因为绘画训练，使得席慕蓉擅长于叙述色彩和形状，她的散文里对自然山色的描述十分传神与精彩，宛如一幅画面呈现在眼前，如：

野生的花树粗犷而又妩媚，给人一种很奇妙的感觉。

疏朗的枝干直直向上生长再向四周分叉，枝丫层叠间仿佛毫无顾忌、毫无章法，灰绿的叶茎上长满绒毛，如果在不开花的季节遇到，不过是些一无可观的杂树而已。

但是，当花苞密集丛生在枝头，当薄薄的花瓣逐朵回旋开展，颜色从纯白到浅粉到淡红，单瓣的山芙蓉仿佛在秋日的山间演出了一场又一场飘忽的梦境，让经过的旅人好像也不得不心中飘忽起来。

——《写生者》之《山芙蓉》

此外，席慕蓉也不时在作品中书写她对时间消逝的感喟，她说时间如"河流"、如"飞矢"，当然意指一去不返以及飞快的感觉。在名为《时光九篇》的诗集中，她甚至将书"献给时光——那永远立于不败之地的君王"，时光是不败的君王，那么被时光击溃而衰败的生命，到头来能拥有的只有记忆而已。

由于多愁善感，席慕蓉的泪水也不时盈现在字里行间，这股泪水不单是对生命里一些事物的感动，有时是为艺术价值之尊崇而动容。

我一直相信，一个创作者所能做到和所要做到的，应该就只是尽力去呈现他自己而已。

但是，要让这个"自己"能够完整和圆满地呈现出来，要在一件作品里，把所有的思路与感触都清清楚楚、脉络分明地传达出来，却又是一件多么困难的事。

那天下午，我站在纽约的现代美术馆里，长途飞行之后，最想见到的第一张画仍然是莫内的大幅睡莲。当那熟悉的波光与花影迎面袭来的时候，我心中无限酸楚，热泪夺眶而出，我终于明白了，在这世间，所谓的"完整的传达"，其实是不可能的。

——《写生者》之《睡莲》

也常因面对故乡的人情风土而百感交集，如在上海博物馆里观赏正在展出的"内蒙古文物考古精品展"时：

第一次站在黄玉龙的前面，用铅笔顺着玉器优美的弧形外缘勾勒的时候，眼泪竟然不听话地涌了出来，幸好身边没有人，早上九点半，才刚开馆不久，观众还不算多。我不明白自己为什么会这么激动，一面画，一面腾出手来擦拭，泪水却依然悄悄地顺着脸颊流了下来。

是因为这是从母亲家乡的大地上出土的古物

吗？昭乌达盟这个名字如今已经改称赤峰市了，然而，不管地名如何变换，这远在六千年之前的红山文化，却真真确确是蒙古高原上先民的美丽记忆啊！

——《金色的马鞍》之《真理使尔自由》

三、从《我的家在高原上》到《人间烟火》

从一九八九年秋天初次返回魂牵梦萦的故乡——内蒙古之后，席慕蓉出版的七本散文集《我的家在高原上》《江山有待》《黄羊·玫瑰·飞鱼》《大雁之歌》《金色的马鞍》《诺恩吉雅——我的蒙古文化笔记》《人间烟火》，前六本大都与内蒙古有关。

经过了十几年，每年平均两次以上，宛如大雁般的往往返返，同样以内蒙古为书写主题，但作者的心境却已大异其趣。

从一开始充满了好奇，甚至还带有点观光客的心情，席慕蓉尽职地做着观光者的功课，如摄影、地理环境介绍，甚至怕读者对内蒙古的环境太陌生，而重复地介绍，而她自己也是"一上火车我就被列车上挂着的站名表所迷惑住了，这些又陌生又亲切的地名啊"！

在初履故乡时，我们读到她所介绍的宗教信仰、敖包文化、游牧文化及黑森林，虽然她努力要去追寻父母亲口中的美丽记忆，但物换星移，许多山川早已面目全非，连父亲记忆中的宅院也不复见。

> 就是那里，曾经有过千匹良驹，曾经有过无数洁白乖驯的羊群，曾经有过许多生龙活虎般的骑士在草原上奔驰，曾经有过不熄的理想，曾经有过极痛的牺牲，曾经因此而在蒙古近代史里留下了名字的那个家族啊！
>
> 就在那里，已成废墟。
>
> 我慢慢走下丘陵，往前方一步一步地走过去。奇怪的是，在那个时候，我并没有流泪，只是不断在心里向自己重复地说着："幸好父亲没来！幸好我没有坚持一定要他和我一起回来！"
>
> 原野空无人迹，斜阳把我们的影子逐渐拉长。我终于走到那块三角形的土地上，低头向脚下仔细端详，这里确实已经是一处片瓦不存的沙地了。但是，这中间也不过只是几十年的光景，要让从前那些建筑从这块土地上完全消失，光靠时间，恐怕还

是办不到的吧?

是些什么人,在什么年代里,因为什么原因,决定前来把这里夷为平地的呢?

——《我的家在高原上》之《今夕何夕》

站在旁观者的立场,席慕蓉庆幸父亲没有返乡,再因为她那时对内蒙古没有真正的记忆,语言不通,偶尔不免有局外之感,无法真正融入其中。

然而,"血浓于水"的情感毕竟强过一切,她对内蒙古的历史、生活文化充满了想要了解的渴望,这个渴望促使她不断地前往,也因此,她自己和内蒙古这块土地开始发生记忆。

山冈坡度很陡,登临之后,可以看得极远,然而不管看出去多远,都只见丘陵起伏,芳草遍野,天与地之间只有一条空荡荡的地平线,安静并且寂寥。

可是,当敖包祭典开始之后,只觉得风刮得越来越紧,怎么也不肯停息;浓云在空中聚集,一波接一波撼人欲倒的强风从四面八方铺天盖地而来,仿佛天地神祇和祖先的英灵都从遥远的源头,从莽芬黑森林覆盖着的丛山圣域呼啸前来。我心不禁战栗，而在畏惧之中又感受到一种孺慕般的温暖。就是在那个时候，我开始察觉，"还乡"原来并不是旅程的终结，反而是一条探索的长路的起点，千种求知的愿望从此铺展开去，而对这个民族的梦想，成为心中永远无法填满的深渊。

——《江山有待》之《黑森林》

席慕蓉不但和内蒙古发生记忆，随着她对那块土地涉入越深，她也迅速地和它过往的辛酸记忆连接起来，在《丹僧叔叔——一个喀尔玛克蒙古人的一生》中，她用了较多篇幅叙述了蒙古高原上的蒙古族人，以及其中土尔扈特蒙古人原本从天山往西方迁徙，从十八世纪开始，受到政治迫害，又从伏尔加河东返，遭到族群离散人丁凋落的悲惨命运。

在此阶段的书写，我们仍可从字里行间不时捕捉到席慕蓉滴落的泪水。不同于前期的感伤、惆怅、喜悦、幸福的泪，此时，席慕蓉的泪水中夹杂的是不甘心、不满，甚至愤怒的情绪。

同样的，在这一阶段的散文，席慕蓉也延续了她的时间感，不同于以往那种心里对时间的消逝很着急、很无奈，嘴上却又要不时提醒自己"不要急，慢慢来"的家常，此时，面对种族长河般的大历史，面对无与伦比的大勋业，面对无力扭转的大变化，她沉淀、安定下来，她知道能做的想做的事急也急不来，因为这将穷她毕生的时间。

即使在一件只有几厘米大小的饰牌上，我们也可以感觉出这种在大自然的生物链上无可奈何的悲剧，在毁灭与求生之间迸发出来的内在的生命力。而由于这种种矛盾所激发的美感，匈奴的艺术家们成就了青铜时代最独特的一页，使得今日的我们犹能在亘古的悲凉之中，品味着刹那间的完整与不可分割。……

在空间与时间的交会点上，有幸能够接触到这一切与"美"有关的讯息，真如一副金色的马鞍，可以作为心灵上的凭借，也引导着我在通往原乡的长路上慢慢地找到了新的方向。

——《金色的马鞍·代序》

四、结语

席慕蓉的作品里常常出现"河"的意象，这河，或是地理上的，或是时间上的，或是心灵上的，无论如何，随着她笔下的河域，我们穿过了内蒙古草原，走进了她生命的长河。

对席慕蓉而言，有几条河是非常重要的。一是她的母亲之河——西拉木伦河，因为这条河源自她母亲的家乡，流过她母亲的年轻岁月，有太多母系家族的记忆。另一条是她父亲在异乡的河——莱茵河，这条河贯穿她年轻岁月在欧洲读书时和父亲的情感交流。多年之后，她见到了原乡，沿着这条河，她和父亲又有过无数次关于故乡记忆的谈话；又过了九年，一九九八年冬天，也沿着这条河，她捧回了父亲的骨灰。

如今，虽然父母已逝，但席慕蓉循由多年的追寻，却将原乡所有的细支脉流汇聚起来，自己俨然是另一条有活水源头的母河，宛如她的蒙古名字穆伦——大江河之意。这条新生的母河将承载着多元的文化记忆，壮阔入海。

二〇〇四年十月于台北

后记

这是我的第六本诗集,得诗四十二首,附有两篇评论。

内蒙古的文学评论家哈达奇·刚先生,从蒙古高原的角度来评析我的诗作,指出其中许多我至今还不曾清楚认知到的追求与跋涉。原来,生命里的"发现"从来不是单方面就可以成就的,必须是要"从她发现草原和族人,到草原和族人发现了她"之后,才能成为一场真实和完整的追寻历程。我何其幸运,能够得到原乡的接纳和督促。杨锦郁女士则是以生活在台湾的好友身份,细细解读我散文创作的背景,给我温暖的鼓励。在此向两位深致谢意。

更要谢谢"圆神"的工作伙伴,每次合作都是极为愉悦的好时光!尤其要谢谢正弦,在版面的编排上,给了我许多新知与触动。

当然,还要谢谢认真细心的谢晴,还有好友简志忠先生多年来对我的帮助和鼓励。

书成之日将是三月,正逢音乐厅举行"钱南章乐展"，作曲家全场二十首新曲都以我的诗作入歌，女高音徐以琳教授演唱，钢琴家王美龄教授伴奏，预期是一场盛会。

二〇〇五年一月三日于淡水

席慕蓉出版书目

· 诗集

1981.7　七里香　大地

1983.2　无怨的青春　大地

1987.1　时光九篇　尔雅

1999.5　边缘光影　尔雅

2000.3　七里香　圆神

2000.3　无怨的青春　圆神

2002.7　迷途诗册　圆神

2005.3　我折叠着我的爱　圆神

2006.1　时光九篇　圆神

2006.4　边缘光影　圆神

2006.4　迷途诗册（新版）　圆神

2010.9　席慕蓉诗集（六册）　北京作家

2011.7　以诗之名　圆神

2011.9　以诗之名　北京作家

2016.3　除你之外　圆神

2016.9　席慕蓉诗集（一套七册精装）　北京作家

2017.9　席慕蓉诗集（一套七册平装）　长江文艺

2018.8　除你之外　北京作家

2020.12　英雄时代　圆神

·诗选

1990.2　水与石的对话　太鲁阁

1992.6　河流之歌　东华

1994.2　河流之歌　北京三联

1997.7　时间草原　上海文艺

2000.5　席慕蓉·世纪诗选　尔雅

·散文集

1982.3　成长的痕迹　尔雅

1982.3　画出心中的彩虹　尔雅

1983.10　有一首歌　洪范

1985.3　同心集　九歌

1985.9　写给幸福　尔雅

1988.3　在那遥远的地方　圆神

1989.1　信物　圆神

1989.3　写生者　大雁

1990.7　我的家在高原上　圆神

1991.5　江山有待　洪范

1994.2　写生者　洪范

1996.8　黄羊·玫瑰·飞鱼　尔雅

1997.5　大雁之歌　皇冠

2002.2　金色的马鞍　九歌

2002.12　走马　上海文汇

2003.2　诺恩吉雅：我的蒙古文化笔记　正中

2004.1　我的家在高原上（新版）　圆神

2004.9　人间烟火　九歌

2006.6　同心新集　上海三联

2007.3　二〇〇六席慕蓉　尔雅

2008.7　宁静的巨大　圆神

2013.9　写给海日汗的21封信　圆神

2015.1　流动的月光　北京作家

2015.6　写给海日汗的21封信　北京作家

2017.7　我给记忆命名　尔雅

2019.9　我给记忆命名　人民文学

·散文选

1997.7　生命的滋味　上海文艺

1997.7　意象的暗记　上海文艺

1997.7　我的家在高原上　上海文艺

1999.12　与美同行　上海文汇

2004.1　席慕蓉散文　内蒙古文化

2004.9　席慕蓉经典作品　北京当代世界

2009.4　追寻梦土　北京作家

2009.4　蒙文课　北京作家

2010.2　新世纪散文家：席慕蓉精选集九歌

2012.12　席慕蓉作品集（回顾所来径、给我一个岛、金色的马鞍）　印刻

2013.1　前尘·昨夜·此刻：席慕蓉散文精选　长江文艺

2015.9　槭树下的家　长江文艺

2015.11　透明的哀伤　长江文艺

2017.10　席慕蓉散文集（三册）　长江文艺

·其他语种

1991.5　席慕蓉诗选（蒙文版）　内蒙古人民

2000.3　我的家在高原上（西里尔蒙文版）　蒙古国前卫

2001　*Across the Darkness of the River*　Green Integer

2002.1	梦中戈壁（蒙汉对照）	北京民族
2006.10	长城那边的思乡曲（西里尔蒙文版）	蒙古国立大学
2009.2	契丹のバラ：席慕蓉诗集	东京思潮社
2016.9	*Il fiume del tempo*（中意对照）	Castelvecchi
2018.8	蒙文课（蒙文版）	内蒙古人民
2018.8	追寻梦土（蒙文版）	内蒙古人民
2018.8	写给海日汗的21封信（蒙文版）	内蒙古人民
2018.8	在诗的深处（蒙文版）	内蒙古人民

·画册

1979.7	画诗（素描与诗）	皇冠
1987.5	山水（油画）	敦煌艺术中心
1991.7	花季（油画）	清韵艺术中心
1992.6	涉江采芙蓉（油画）	清韵艺术中心
1997.11	一日·一生（油画与诗）	敦煌艺术中心
2002.12	席慕蓉	圆神
2014.11	旷野·繁花：席慕蓉画集	敦煌画廊
2017.10	当夏夜芳馥：席慕蓉画作精选集	圆神

· 小品

1983.7　三弦　尔雅

· 美术论著

1975.8　心灵的探索　自印
1982.12　镭射艺术导论　镭射推广协会

· 传记

1995.9　陈慧坤　艺术家
2004.11　彩墨·千山·马白水　雄狮

· 编选

1990.7　远处的星光：蒙古现代诗选　圆神
2003.3　九十一年散文选　九歌

· 摄影集

2006.8　席慕蓉和她的内蒙古　上海文艺

附注：

《三弦》与张晓风、爱亚合著。

《同心集》与刘海北合著。

《在那遥远的地方》摄影林东生。

《我的家在高原上》摄影王行恭。

《水与石的对话》与蒋勋合著,摄影安世中。

《走马》摄影与白龙合作。

《诺恩吉雅:我的蒙古文化笔记》摄影与白龙、护和、东哈达、孟和那顺合作。

《我的家在高原上》新版摄影与林东生、王行恭、白龙、护和、毛传凯合作。

图书在版编目（CIP）数据

我折叠着我的爱 / 席慕蓉著. -- 武汉：长江文艺出版社，2025.6 --（席慕蓉诗歌典藏）. ISBN 978-7-5702-3671-8

Ⅰ. I227

中国国家版本馆CIP数据核字第2024VX1636号

湖北省版权局著作权合同登记　　图字17-2023-150号
版权所有©席慕蓉
本书经由圆神出版社授权长江文艺出版社出版简体中文版（纸本平装书）非经书面同意，不得以任何形式任意重制、转载。

我折叠着我的爱
WO ZHEDIE ZHE WO DE AI

责任编辑：孙　琳	责任校对：程华清
装帧设计：壹诺设计	责任印制：邱　莉　王光兴

出版：长江出版传媒　长江文艺出版社
地址：武汉市雄楚大街268号　　邮编：430070
发行：长江文艺出版社
http://www.cjlap.com
印刷：湖北新华印务有限公司

开本：800毫米×1110毫米　　1/32　　印张：5.375
版次：2025年6月第1版　　2025年6月第1次印刷

定价：35.00元

版权所有，盗版必究（举报电话：027—87679308　　87679310）
（图书出现印装问题，本社负责调换）